# 똑똑보, 내 인생

# 뚱보,
# 내 인생

초판  1쇄 발행 | 2004년 6월 26일
개정판 1쇄 발행 | 2024년 3월 10일
      3쇄 발행 | 2024년 10월 24일
지은이 | 미카엘 올리비에
옮긴이 | 조현실
펴낸이 | 최윤정
만든이 | 김민령 김채린 안의진 유수진
펴낸곳 | 바람의아이들
등록 | 2003년 7월 11일 (제312-2003-38호)
주소 | 03035 서울시 종로구 필운대로116 신우빌딩 5층
전화 | (02) 3142-0495   팩스 | (02) 3142-0494
이메일 | barambooks@daum.net
제조국 | 한국

홈페이지 | www.barambooks.net
인스타그램 | @baramkids.kr

La vie, en gros
by Mikaël Ollivier
ⓒ 2001 EDITIONS THIERRY MAGNIER
Korean Translation Copyright ⓒ 2004 by Baram Books.

# 뚱보, 내 인생

미카엘 올리비에 지음 — 조현실 옮김

"뚱뚱하다는 것은 숙명이 아니다……
키가 크냐, 작으냐, 백인이냐, 흑인이냐 하는 것과는 다른 문제이다……
모르긴 해도, 살찐 거야 언제라도 뺄 수 있지 않은가!"


"그럼, 먹는 걸 좋아하는 건 숙명이 아닌가?"


마르텡 베롱
(정치적으로 옳지 않음)

# 1

 

 

 

학교에서 건강 검진을 할 때 딱 한 가지 좋은 점은, 수업을 빼먹을 수 있다는 점이다. 난 화요일 10시로 시간이 잡힌 덕에, 물리 시간을 빼먹을 수 있었다.

10시 10분. 난 칠판 앞에서 침을 튀기며 열변을 토하고 있을 메체르 선생님을 생각하며, 복도에서 내 순서를 기다리고 있었다. 다른 애들은 모두 수업을 받고 있는데, 나 혼자서만 복도에 나와 있다는 게 묘한 즐거움을 주었다. 자유를 훔쳐 낸 것 같다고나 할까. 마치 아파서 결석하고 집에 있을 때, 학교 바깥에서도 세상은 계속 돌아가고 있구나 하는 걸 새삼스레 느끼게 되는 것처럼 말이다.

창밖으로, 구름이 떠가는 파란 하늘 한 조각이 보였다. 가슴이

짠해지며, 그 순간 디나르의 물리네 곶 위에선 하늘이 어떻게 보일지 궁금해졌다. 우리 가족은 매해 여름마다 그곳에 갔다. 난 브르타뉴 지방에 홀딱 빠져 있었다. 내 미래의 거창한 계획을 세워 놓은 곳도 바로 거기다.

물리네 곶의 끝엔, 바다를 향해 집이 한 채 서 있다. 성이라고 불러도 손색이 없을 만한 곳이다. 맞은편으로는 세장브르 섬이 있고, 오른쪽으로는 생말로의 성채가 있다. 내 아이디어는, 그 집을 사서 호텔 겸 레스토랑으로 만드는 것이다. 전에 선생님과 상담하면서 그 얘기를 했더니, 생활기록부에다가 장래 희망을 '요리사'라고 적는 게 아닌가. 사실, 내 꿈은 요리사보다는 훨씬 원대한 것이다. 물론 난 요리사가 될 것이다. 그러나 내가 특별히 원하는 건, 사람들에게 행복을 주는 거다. 손님도 많이 필요 없다. 열 명 남짓이면 충분하다. 손님들의 세 끼 식사는 내 손으로 완벽하게 책임질 것이다. 손님들은 모두 바다가 내다보이는 방에서, 내가 아주 어려서부터 꿈꿔 온 조망을 즐기게 될 것이다. 그리고 난 하루 종일 손님들의 식사 준비에 분주할 것이다. 그뿐인가. 함께 바다로 나들이도 나가고, 저녁이면 손님들이 아침 일찍 직접 잡아다 놓은 생선으로 요리도 해 줄 것이다. 아빠 덕에 나도, 낚시가 잘 되는 중요한 지점들을 훤히 꿰고 있다. 예를 들어, 농어는 밀물이 막 들어올 때…… 아, 아니다. 이런 건 낚시꾼들의 비밀이니 발설하면 안 된다.

내 레스토랑에는 방을 세 개 만들 것이다. 동쪽으로 생말로를 향해 있는 방, 거기선 아침 식사를 한다. 북쪽을 향한 또 다른 방에선 세장브르가 보이는데, 거기선 점심을 먹는다. 마지막으로 서쪽을 향해 있는 방에선 일몰을 바라보며 저녁 식사를 한다.

각각의 방에는 커다란 식탁 하나만을 놓을 것이다. 정찬에 손색이 없는 화려한 것으로. 민박집에서 흔히 쓰는 그런 시시한 식탁은 안 된다. 냅킨을 되는대로 접어 놓거나, 전날 마시던 포도주를 내놓는다거나 하는 일도 절대 있을 수 없다! 서비스는 빈틈없을 것이다. 흰 제복을 정식으로 차려입고, 눈치 빠르게 그리고 조심성 있게 시중을 들 것이다.

메뉴는 모든 손님들에게 똑같이 제공된다. 물론 매끼마다 메뉴가 달라지는데, 그건 시장 사정, 계절 그리고 내 기호에 따라 결정된다. 내 머리엔 늘 새로운 요리법이 떠오르고, 난 그럴 때마다 잊어버리지 않으려고 공책에 적어 놓는다.

"아직도 네 차례 안 됐니?"

클레르가 내 옆에 와 앉으며 물었다.

클레르는 우리 반 여자아이다. 걜 보며 참 예쁘다 느낀 순간, 얼굴이 화끈 달아올랐다.

"안 됐어. 꽤 오래 걸리네……. 잘됐지 뭐, 안 그래도 공부하기 싫은데!"

클레르는 내 말에 동의하지 않았다. 걔는 모범생이다. 그러나 공부를 열심히 하는 것치고 성적은 안 좋은 편이었다. 난 그 반대였다. 공부는 최소한으로만 했지만 성적은 꽤 괜찮았다. 내 성적표에는 늘 이 말이 빠지지 않았다. 벵자멩은 가능성이 아주 많습니다. 다만 좀 더 노력하지 않는 것이 아쉽습니다. 그러나 그건, 내가 중학교에 들어오면서부터 터득한 내 나름의 삶의 지혜였다. 편하게 살려면, 중간에 머물러야 한다는 것. 우등생으로 살자면 공부하느라 고달프고, 꼴찌로 살자면 걸리는 게 너무 많다. 부모님, 선생님 할 것 없이 모두들 부담을 주니까. 그래서 난 중간에 머물려고 애썼다. 어느 과목이든 딱 평균 점수만 얻는 거다. 더도 덜도 말고.

이름의 경우도 마찬가지다. 물론 그건 내 힘으로 어찌해 볼 수 없는 우연의 결과이지만. 다른 아이들보다 질문을 덜 받으려면, M, N, O처럼 알파벳 순서의 중간에 오는 글자로 시작되는 이름을 가져야 한다. 선생님들이 학생 명부를 얼핏 훑어보고 질문을 할 땐, 늘 첫 번째 이름들과 마지막 이름들, 즉 A, B, C나 X, Y, Z 같은 것들부터 눈에 들어오기 때문이다. 하긴 X, Y, Z로 시작되는 이름은 거의 없다. 내 이름은 P로 시작되어, 서른 명 중에 열세 번째였다. 그래서 편했다.

"도대체 뭘 하고 있는 거지?"

클레르가 자기 손목시계를 들여다보며 말했다. 메체르 선생님의 설명을 놓치는 것 때문에 초조해하고 있는 게 분명했다.

우린 중3밖에 안 되었는데도, 클레르는 벌써부터 대학입학자격시험 걱정을 하고 있었다! 10시 18분이라. 난 머릿속으로 계산을 해 봤다. 지금 같은 속도로 진행된다면, 검진이 끝난 뒤에 복도에서 좀 어슬렁거리다 보면, 물리 수업은 15분 정도만 들어도 될 것 같았다.

난 중2 때도 클레르와 같은 반이었기 때문에, 걔를 잘 알고 있었다. 걔는 별 말썽 같은 건 안 부리는 얌전한 애였다. 단지 올해 개학 날, 걔가 가슴이 봉긋 나온 모습으로 나타나는 바람에, 남자애들의 4분의 3 정도는 그 얘기만 했고, 나 역시도 거기에 마음을 빼앗겼던 게 사실이다. 어느 여름인가, 클레르는 갑자기 키도 크고, 날씬하고, 눈부시게 멋진 여자로 변해 있었다. 어느새 난 걔 옆에 있으면, 초등학생 조무래기가 된 듯한 느낌이 들었다. 난 여자애들이 편안하게 느껴졌던 적이 한 번도 없었다. 특히 여자애들의 가슴이 나오기 시작하면서부터는!

드디어 보건실 문이 열리더니 나탕이 나왔다.

"어때?"

내가 물었다.

"호박."

그건 우리 반 남자애들의 주된 관심사였다. 검진을 여자가 하느냐, 또 그 여자가 괜찮으냐, 다시 말해 예쁘냐 하는 것. 겉으로는 누구나 다, 끝내주는 여자였으면 좋겠다고들 했다. 그러나 나는 내심, 아름다운 여인 앞에서 팬티 차림으로 왔다 갔다 하고 싶진 않았다.

우리 반 남자애들은 두 부류로 나눌 수 있었다. '그걸 해 본 애들'과 '나머지 애들'. 사실 전자의 경우도 또다시 분류를 해야 했다. '그걸 해 본 애들' 중에는 정말로 해 본 애들도 있었지만, 거짓말쟁이들이 훨씬 많았기 때문이다. 단지 혀로 키스를 해 봤다거나 가슴이나 만져 본 정도 말이다.

난 말할 것도 없이 '나머지 애들'에 속했다. 뽀뽀도 못 해 봤고, 만져 보지도 못했다. 단 한 번도! 특별히 친한 여자애도 없었다. 난 주변머리 없는 부류에 속했다. 얼굴을 붉히고 더듬거리는……. 그때까지 내가 여자애들의 비밀스런 세계에 가장 가까이 접근해 본 거라고 해야 고작, 아침에 양쪽 뺨에다 가볍게 입을 맞추며 인사하는 것 정도였다.

다른 모든 남자애들과 마찬가지로, 나 역시 '그것' 생각이 머리를 떠나지 않았다. 다만 내게 있어 '그것'이란, 여자아이와 손을 잡고 거닐며 열 걸음마다 한 번씩 뽀뽀를 하는 것 정도였지만. 솔직히 그 '이상'의 것에 관해선, 충동을 느껴 본 적조차 없었다. 물론 남들에게 그 얘길 하느니, 차라리 고속 열차 밑에 깔려 온몸에 못이 박히는 게 나을 것 같았지만. 이 얘길 하는 건, 간호사가 '호박'이란 소릴 듣고 내가 안심했다는 걸 말하기 위해서다.

# 2

"벵자멩 프와레……."

"네……."

"옷 벗어요."

날 벵자멩이라고 부르는 건 엄마와 선생님밖에 없었다. 다른 사람들은 모두 '벵'이라고만 불렀다. 아빠부터도, 2년 전에 우리 곁을 떠나 소피 아줌마랑 살기 시작하면서부터는 날 그렇게 불렀다. 친구처럼 지내고 싶다나. 말도 안 되는 소리다. 내게 필요한 건 친구가 아니라 아버지인데. 더욱이 2주에 한 번씩밖에 못 만나는 상황에선.

내 건강 기록부를 훑어보고 있는 간호사를 쳐다보며, 옷을 벗기 시작했다. '호박'도 좋게 말해 준 거였다. 그런 걸 '완곡어법'이라고 한다던가? 일주일 전 프랑스어 시간에 숄라 선생님한테 배웠는데……

간호사는 나보다도 콧수염이 더 많았다(털이 굵은 건 아니었지만). 게다가 피부까지 약간 누리끼리한 게, 아무리 잘 봐줘도, 영락없는 '아시드니트릭스'였다. 왜, 그 아스테릭스 시리즈 중 『아스테릭스의 일대 위기』에 나오는 생선 냄새 풍기는 악당 말이다. 그러나 목소리는 아주 곱고 부드러운 게, 엄마가 자동차에서 듣는 라디오 방송에 나오는 여자들 같았다.

내가 팬티만 입은 채로 서자, 아시드니트릭스는 날 아래에서 위까지 훑어보았다. 타일 바닥이 차서 발이 시렸다. 이보다는 차라리 메체르 선생님 강의나 필기하고 있는 편이 나았겠다는 생각이 들기까지 했다. 난 배를 집어넣고 아무렇지도 않은 얼굴로 창밖을 내다보았다……. 아니, 그런 척하느라 애썼다는 게 더 맞는 말일 거다.

제일 첫 순서는 키를 재는 것이었다. 벽에 낡아 빠진 기계가 한 대 서 있었다. 나무에 센티미터와 밀리미터가 표시되어 있는 것이었는데, 얼마나 오래 썼는지, 반질반질 윤이 날 정도였다. 어떻게 된 게, 학교에 있는 건 모조리 다 낡아 빠졌다. 벽, 책상, 칠판, 선생님들, 심지어 컴퓨터까지도. 그걸 갖고 어떻게 프로그램 언어와 인터넷을 배울 수 있단 말인가.

“등을 기계에다 바짝 붙여 봐요. 발은 평평하게 하고.”

아시드니트릭스가 말했다.

나는 시키는 대로 했다. 키가 조금이라도 더 커지도록 목을 있는 대로 늘이고서. 간호사는 나무로 된 막대를 내려 내 머리통 꼭대기에 부딪히게 했다.

“됐어요……”

난 앞으로 두 걸음 나아갔다. 기계에 내 머리카락 몇 올이 끼었다. 아시드니트릭스는 발끝으로 서서 숫자를 읽고 있었다.

“백육십칠……점 오. 167.5센티미터예요. 이젠 체중계 위로 올라가요.”

죽을 맛이었다. 체중계는 내 영원한 적이었다. 특히 병원이나 보건실에 있는 건 더더욱. 크롬 도금이 된 쇠막대의 양쪽에 저울추가 달려 있는 그 기계는 진짜 고문 기구와 다를 바 없었다. 나는 최대한 살살 위로 올라갔다. 그러나 막대는 요란한 소리를 내며 완충 장치와 부딪치더니 단번에 다시 위로 튕겨져 올라왔다.

난 얼굴이 새빨개진 채로 또다시 배를 집어넣었다. 그러면 무게가 줄기라도 할 것처럼. 아시드니트릭스는 저울이 평형을 이루도록 하기 위해 저울추를 조금씩 왼쪽으로 옮겨 갔다. 한 칸 한 칸 옮길 때마다, 그것으로는 충분치 않은 게 놀랍다는 표정을 지었다. 차라리 내가 직접 하고 싶었다. 저울추를 단번에 끝까지 밀어,

16

얼른 끝내 버리고 싶었다.

내겐 몇 분이나 되는 것처럼 느껴진 그 몇 초가 지난 후에(배를 집어넣느라 숨도 참아야 했기 때문에 더 괴로웠다), 막대는 또다시 내려오기 시작했다. 아시드니트릭스는 커다란 킬로그램 저울추를 다시 몇 단계 더 옮기고 나서 그램 저울추도 옮겼다. 마침내 저울이 평형을 이루었다.

"89킬로 600그램."

그때 그 보건실에 비하면, 세상의 그 어느 교실도 천국이 아닐 수 없었다.

"내려와도 돼요."

간호사가 건강 기록부에 숫자를 적으러 가며 기계적으로 말했다.

그리고 나선 혈압을 쟀고, 차가운 청진기로 심장 박동도 들었다.

"좋아요. 이제 무릎 굽히기를 서른 번 해 봐요."

"뭐요?"

"앉았다 일어섰다를 서른 번 해 보라고요. 자, 시작……."

난 시키는 대로 했다. 죽으라면 죽는 시늉도 하는 졸병처럼. 머릿속으로 숫자를 세었는데, 열 번째가 되니 벌써 숨이 막혔다. 무릎 굽히기인지 뭔지를 한 번씩 할 때마다, 육중한 넓적다리 위로 배에 깊은 주름이 파였다. 창피했다. 팬티 바람으로, 이마엔 땀까지 줄줄 흘리면서, 이게 뭐 하는 짓인가. 게다가 원수 같은 간호사는 내게서 잠시도 눈을 떼지 않고 있었다. 서른 번째가 되었을 땐, 심장이 바깥으로 터져 나올 것만 같았다.

간호사는 곧 시계를 들여다보며 맥박을 쟀고, 혈압도 다시 한번 쟀다. 간호사가 그 모든 것들을 기록하는 동안, 나는 어떻게든 소리 안 내려고 애쓰며 가쁜 숨을 몰아쉬고 있었다. 간호사가 다시 일어서서 내 쪽으로 다가오더니, 불쑥 내 팬티를 내리고, 모든 게 제자리에 붙어 있는지 들여다보았다.

"다 됐어요. 이제 옷을 입어요."

그 말이 떨어지기가 무섭게 난 옷을 다시 입었다.


"학생도 본인의 비만 문제에 관해선 알고 있겠지요?"

간호사가 흰 종이 위에 뭔가를 적고 있는 동안 난 책상 앞에 앉아 있었다.

"어…… 네!"

"보통, 청소년기, 그러니까 열세 살에서 열일곱 살 사이의 4년 동안에 26킬로그램 정도가 느는 게 정상이거든요."

"그래요?"

"그런데 학생은, 열네 살 때부터 지금까지 무려 22킬로그램이

나 늘었군요. 단 2년 동안에 22킬로그램이나 늘었단 얘기지요!"

대답할 말이 없었다.

"이건 너무 지나쳐요. 학생의 IMC를 계산해 보면⋯⋯."

"뭐라고요?"

"IMC. 신체 비만 지수. 체중을 신장의 제곱으로 나눈 거예요. 그러니까, 학생의 IMC는 비만 2단계에 속하는군요."

"그게 심각한 건가요?"

"학생 나이엔 그렇지요. 걱정스러운 상태예요⋯⋯"

"그렇군요!"

"운동을 하나요?"

"네, 학교에서요! 일주일에 세 번씩⋯⋯."

"아니, 학교 밖에서 말이에요."

"안 해요⋯⋯."

"왜죠?"

"그냥⋯⋯ 힘들어서요."

"힘들라고 일부러 하는 것 아닌가요?"

"그렇긴 하지만, 뭐 재미라도 있으면 모르겠는데, 전 운동이 힘들기만 하거든요."

"그래도 해야 돼요. 살이 안 찌는 유일한 방법은, 먹어서 섭취한 열량을 소모하는 거예요. 혹시 뭐 좋아하는 운동 같은 거 있나요?”

“어…… 네! 전 ‘롤랑 가로스 테니스 경기’ 중계 방송 보는 거 좋아해요……. 게임기로 농구하는 것도 좋아하고…….”

이런 싱거운 소릴 한 건, 긴장을 좀 풀고 싶어서였다. 사실, 난 속으로는 전전긍긍하고 있었던 것이다. 그러나 아시드니트릭스는 내 농담을 귀담아듣는 것 같지 않았다.

“좋아요. 알겠어요. 먹는 것에도 주의를 기울여야겠어요……. 자, 이걸 갖고 가서 잘 읽어 보도록 해요. 아주 유용한 정보들이 많이 들어 있으니까요.”

간호사가 내미는 책자를 보니, 얼핏 훑어만 봐도, 영양소의 균형, 칼로리, 비타민 같은 용어들이 눈에 들어왔다. 그런 용어들은 요리를 과학으로, 숫자들로 변질시켜 버린다. 그러나 내게 있어, 요리는 예술이다. 아니, 그보다도 쾌락이다.

간호사는 편지를 다 쓰고는 봉투에 넣어 봉했다.

“부모님께 이걸 갖다드려요. 알았죠?”

“네, 알겠습니다.”

“혹시 무슨 특별한 문제 같은 건 없나요? 나한테 말하고 싶은 것 있어요?”

“어…… 아뇨.”

“됐어요. 그럼 가 봐도 좋아요.”

난 편지를 들고 곧바로 나왔다.

바깥에 나오니, 복도에 있던 클레르가 내 대신 들어가려고 일어
섰다. 내가 들어간 사이에 자기 차례를 기다리러 와 있던 캉탱이
내게 물었다.

"어때?"

"호박."

난 얼굴을 찌푸리며 대답했다. 나 역시 실망했다는 의미였다.

# 3

10시 35분이었다. 난 물리 수업을 조금이라도 덜 듣기 위해 화장실에 들렀다 가기로 했다. 복도를 지나는데, 발걸음을 옮길 때마다 넓적다리 윗부분이 뻐근했다. 마치 근육이 긴 잠에서 깨어나 기지개를 켜는 것 같았다. 너무 애를 쓴 탓인지 덥기도 하고 배도 고팠다. 집에 있었다면, 냉장고 속을 한바탕 뒤졌을 판이었다.

먹다 남은 찌꺼기로 새 요리를 만드는 건 내 특기다. 난 냄비 밑바닥에 들러붙어 있는 것만 갖고도 후다닥 새로운 음식을 만들어 내는 데 실패한 적이 거의 없다. 예를 들어, 수요일 아침엔 햄버거를 만들어 먹는다. 수요일엔 엄마는 출근하지만 난 학교에 안 가기 때문에, 집에 나 혼자 있다. 10시를 땡 치면, 난 칼같이 부엌으로 돌진한다. 배가 고파서가 아니다……. 그냥 먹고 싶어서다. 접시며 프라이팬이며 버터며 소금을 꺼내는 재미, 그리고 나 자신을 위해 간단한 식사를 차리는 재미.

어떤 땐 분위기 조성을 위해, 『아스테릭스, 스위스에 가다』의 몇 대목을 되풀이해서 읽기도 한다. 거기엔 맘껏 먹고 마시는 장면들과 녹인 치즈 같은 것들이 등장하기 때문이다. 아니면 여관들을 순례하는 내용이 나오는 『아스테릭스와 무적의 방패』를 읽기도 한다. 그런 책들은 식욕을 돋운다기보다도 식탁에 앉고 싶어지도록 만든다.

냉동실에서 다진 고기 덩어리를 꺼내 곧장 프라이팬에 얹고 약한 불에 익힌다. 또 케첩, 마요네즈 그리고 식빵 두 조각도 꺼낸다. 고기와 곁들여 치즈도 녹인다. 다 준비가 되면, 모든 재료들을 차례로 얹기만 하면 된다. 빵 한 조각 위에 케첩과 마요네즈 섞은 것, 스테이크, 녹은 치즈를 차례로 얹고 다른 빵 조각을 덮으면 끝. 모양은 좀 괴상하다. 별로 먹음직스러워 보이진 않는다. 그러나 실제 맛은 얼마나 좋은지 모른다.

아침 식사와 점심 식사 사이에 먹는, 육즙이 흐르는 스테이크! 그건 아침에 먹은 단 음식 때문에 그때까지도 둔한 상태로 있던 미각을 일깨워 준다. 그거야말로 내가 나 스스로에게 베푸는 작은 선물이요, 세 끼 식사 외의 특별한 식사다. 물론 세 끼 식사도 하루 일과의 중요한 부분이란 건 말할 필요도 없고!

내게 있어 일상생활, 다시 말해, 학교, 텔레비전, 비디오 게임, 이런 것들은, 뭔가를 먹고 있지 않는 시간을 빨리 지나가게 해 주는 방편일 뿐이다.

2층 화장실에 올라간 순간, 차가운 콜라 생각이 굴뚝같았다. 프쉬식 하고 캔을 딴 뒤에 한 모금 쫙 들이키면, 그 인공의 맛과 거품 덩어리가 내 입에서 폭발할 텐데. 그러나 미지근한 수돗물로 만족하는 수밖에 없었다. 찝찝한 화장실 냄새가 밴 물맛은 께름했다. 똑같은 수돗물이라도, 화장실에서 마시면 부엌에서 마실 때보다 맛이 없어지니 희한한 일이다. 그건 마치 레스토랑에서 병에 든 생수를 마실 때보다 집에서 플라스틱 병에 든 생수를 마실 때, 더 맛이 없게 느껴지는 것과 같은 경우다. 똑같은 물인데도 맛이 다르다는 것, 그건 심리적인 문제일 것이다. 내가 디나르에 짓게 될 레스토랑의 실내 장식에 신경을 많이 쓰려는 것도 바로 그런 이유에서다. 아름답고 쾌적한 공간에서라면, 접시에 담긴 음식에도 더 정이 갈 것 아닌가. 난 그걸 확신한다.

난 세면대 가장자리에 얹어 놨던 간호사의 편지를 다시 들고 찬찬히 뜯어보았다. 어디서 왔건, 누가 쓴 것이건 간에, 학교에서 부모에게 보낸 편지가 반가운 법은 없다. 봉투에는, '프와레 군 부모님께'라고만 씌어 있을 뿐이었다. 다른 건 아무것도 없었다. 학교로고조차도 안 찍혀 있었다. 난 봉투를 찢고 편지를 꺼냈다. 마음을 차분히 가라앉히기 위해, 변기에 앉아서 읽기로 했다.

학부모님께

귀댁의 자녀 벵자멩 군의 건강 검진 결과, 부모님의 관심이 필요하다고 판단되어 알려 드리는 바입니다. 벵자멩 군의 과체중에 대해 지금까진 별 신경 안 쓰신 것 같으나, 이젠 대단히 문제가 되었습니다. 벵자멩 군의 신장은 167센티미터이고 체중은 90킬로그램 가까이나 되어, 과체중이 심각한 상태입니다. 특히 지난번 검진 때도 이미 상당한 비만 상태였는데, 그때 이후로도 너무 급속하게 체중이 늘었습니다. 대부분의 경우, 청소년기의 비만은 성년기의 비만으로 이어지게 되며, 심각한 합병증들을 유발할 수 있습니다.

벵자멩 군은 열여섯 살이므로, 별 어려움 없이 문제를 해결할 수 있는 나이가 되었습니다. 비만과 그것이 건강에 미치는 나쁜 영향을 자각하려는 본인의 의지 그리고 부모님의 도움이 필요한 때입니다. 따라서 부모님의 전적인 관심을 부탁드리며, 가까운 시일 내에 제가 가진 정보와 경험을 통해 도움을 드릴 수 있기를 바라는 바입니다.

자녀들의 건강을 위해 애써 주시기 바라며……
어쩌구저쩌구……


아시드니트릭스 올림


어처구니없었다. 30초 전까지만 해도 아무 탈 없이 굴러가고 있던 내 삶을 이렇게 망쳐 놔도 되는 건가. 벌을 받게 됐다거나, 나쁜 점수를 받았다거나, 학사위원회에 불려 가게 됐을 때처럼, 기가 막혔다. 그 원수 같은 여자는 왜 끼어든 거지? 내가 뚱뚱하다는 사실도 모르고 사는 줄 알았나? 천만에. 삶의 순간순간마다, 내가 뚱보라는 사실이 너무도 선명하게 머릿속에 새겨져 있는걸! 먹고 있을 때, 다 먹고 났을 때, 버스를 타러 뛰어갈 때, 옷을 살 때, 맘에 드는 여자애가 있어도 걔가 날 못났다고 깔볼 거란 생각에 미리 기가 죽을 때……. 심각한 합병증은 또 무슨 잡소리란 말인가! 내가 언제부터 환자가 됐지?

난 편지를 주머니 속에 쑤셔 넣었다. 엄마한테 꼭 보여 줘야 할 필요는 없겠다 싶었다. 그러자 마음이 좀 가벼워졌다. 어느새 시간이 꽤 흘러 있었다. 나 다음에 검진을 받은 클레르보다도 늦게 교실에 돌아가면, 메체르 선생님이 어떤 표정을 지을까.

난 화장실에서 나오다 말고, 세면대 위에 붙어 있는 커다란 거울 앞에 멈춰 섰다. 거기 비친 내 모습을 지켜보았다. 별로 보기 좋은 모습은 아니었다. 뚱뚱한 사람은 그때그때 기분에 따라 자신의 이미지도 다르게 받아들인다. 아무 문제도 없을 땐, 내 모습도 그리 못나 보이지 않는다. 배와 넓적다리와 커다란 궁둥이도 거의 눈에 들어오지 않는다. 반대로, 기분이 안 좋을 땐 내 모습에 정말로 기가 죽게 된다. 난 옆으로 서서 배를 쑥 집어넣어 봤지만, 별 효과가 없었다. 바지 고무줄은 여전히 배의 주름 사이에 숨어 보이지도 않았다. 내 몸뚱이는 정말 거대했다. 난 거울을 피해 계단을 뛰어 올라갔다. 3층과 4층 사이에서, 클레르와 마주쳤다.

"너 아직도 안 들어갔어?"

"어어…… 좀 어슬렁거리느라고."

뭔가 다른 얘기도 좀 하고 싶었지만 할 말이 없었다. 난 클레르와 나란히 걸어가면서도, 걔를 쳐다볼 용기가 나지 않았다. 클레르가 걸어가는 모습은 우아하고 유연하고 아름다웠다. 걔가 늘 하듯이 머리카락을 쓸어 올리는 모습을 난 곁눈질로 훔쳐보았다. 예뻤다.

우리 둘이 동시에 교실로 들어서자, 메체르 선생님은 다 알고도 속아 준다는 듯한 눈길로 날 쳐다봤다. 난 자리에 앉은 뒤, 간호사가 준 편지를 책가방에 쑤셔 넣었다. 그 안에 한참 처박혀 있게 될 거라 생각하면서. 수업 시간은 10분밖에 안 남아 있었다. 난 강의를 애써 들으려고도 하지 않았다. 나보다 두 줄 앞, 오른쪽에 앉아 있는 클레르만 쳐다보고 있었다. 걔가 머리카락을 쓸어 올릴 땐, 내 가슴도 살짝 뛰었다.

우리 둘이 함께 교실에 들어선 순간 모두가 우릴 쳐다보았을 때, 난 얼굴이 붉어졌었다. 클레르와 내가 뭔가를 공유하는 듯한 느낌이 들었던 것이다. 새로운 친밀감이랄까. 그게 얼마나 어리석은 기대인지는 나도 잘 안다. 우린 단지 30초 동안 함께 걸어온 것뿐이었다. 별다른 일은 아무것도 없었다. 결국, 나 혼자서 소설을 쓰고 있었던 셈이었다. 원래 나처럼 뚱뚱한 사람은, 여자 문제에 있어선 아무것도 아닌 일에도 쉽게 가슴이 부푸는 법이다.

# 4

 

나도 원래부터 뚱뚱했던 건 아니었다. 어렸을 땐 오히려 말라깽이였던 것 같다. 살이 찌기 시작한 건, 여덟아홉 살 때쯤부터였다. 그러나 그땐 키도 함께 적당히 자랐던 걸로 기억한다. 자연스런 성장, 나이 먹으면서 점점 커져 가는 숫자. 난 그걸 퍽 자랑스러워했었다.

4학년에서 5학년으로 올라가는 여름 방학 때* 몸무게가 40킬로그램을 넘어서서, 개학하던 날 친구들에게 그걸 자랑하기도 했었다. 난 우리 반에서 체중이 가장 많이 나갔다. 키는 어림도 없었지만. 지금 생각하면 어처구니없는 일이지만, 사실 아홉 살 난 아이

---

* 프랑스에서는 10월에 새학년이 시작된다.

에게 있어 무엇보다 중요한 건, 다른 아이들이 못 가진 걸 갖고 있다는 것이었다. 그게 뭐가 됐든 말이다. 특이한 손목시계, 깁스한 다리 혹은 몸무게 몇 킬로그램이라도!

내가 다른 애들과는 다르다는 걸 제대로 깨닫기 시작한 건 중학교에 입학하고부터였다. 중학교에선 매년 반 아이들이 바뀌기 때문에, 내게 익숙하지 않은 아이들의 평가를 받게 되었던 것이다. 난 꿀꿀이, 지방 덩어리, 돼지 같은 별명을 듣기 시작했다. 그 결과, 난 내 모습을 있는 그대로 보게 되었다. '난 뚱보다.'

한번은, 일요일 오후에 우리 반 여자애 델핀이 자기 집 지하실에서 댄스 파티를 연 적이 있었다. 나로선 최초의 댄스 파티였지만, 난 그런 데 가는 게 딱 질색이었다. 춤추는 데는 취미가 없었던 것이다. 어두컴컴한 데서 귀를 찢는 리듬에 맞춰 애벌레처럼 몸을 흔들어 대는 게 재미있을 것 같지 않았다.

난 엄마한테, 댄스 파티에 가는 거라고 말할 용기가 없어 생일 파티라고 둘러댔고, 그 바람에 델핀에게 줄 선물까지 들고 갔다. 엄마 아빠는 시원시원한 성격에 잔소리라는 걸 모르는 분들이었지만, 몇 가지 싫어하는 것들이 있었다. 그건 물어보지 않아도 알 수 있었다. 가령 스쿠터, 휴대 전화 혹은 친구 집에서 주말 보내기 등등…….

델핀은 나이트클럽 같은 분위기를 내기 위해 지하실 창문에 이

30

중으로 커튼을 치고 어설픈 색등까지 세 개 켜 놓았다. 20제곱미터도 채 안 되는 공간에 서른 명쯤이나 되는 아이들이 모여 있었다. 다행히도, 구석에 당구 게임기가 있어, 난 그 당시 가장 친하게 지내던 친구와 신나게 웃어 가며 게임을 즐겼다(그 이후론 그 친구를 한 번도 보지 못했다. 어른이 되어서도 절대로 헤어지지 말자고, 배를 타고 세계 일주를 하자고 약속했건만).

그때 조그만 녀석 하나가 게임기 쪽으로 다가오더니 말했다(다른 학교에 다니는, 델핀의 동네 친구였는데, 아주 못된 녀석이었다).

"야, 뚱땡이!"

난 못 들은 척했다.

"야! 자크 빌르레!"*

빌르레는 가끔 텔레비전에서 보곤 했었다. 그의 투실투실한 몸이 그때 처음, 하나도 안 우습게 느껴졌다.

"여기가 생일 파틴 줄 아냐, 이 뚱땡아. 유치하게 놀지 좀 마. 어린애들 놀이터는 저어기, 저 옆문으로 나가면 있으니까 거기 가서 놀아라."

그 녀석의 더러운 주둥이를 갈겨 줘야 했을 테지만, 난 아무 대

---

* 프랑스의 코미디 배우

답도 않고 게임만 계속했다. 그 멍청이도 나처럼 열네 살밖에 안 돼 보였는데, 무게는 있는 대로 다 잡고 있었다. 어른들의 연애 놀음을 흉내내느라 애쓰는 그 코미디 같은 댄스 파티에서 말이다. 시간이 흐른 지금에 와선 그 얘기를 털어놓을 수 있지만, 그 당시에 느꼈던 모욕감은 정말 엄청났다.

중학교에 가면서부터는 옷도 유행에 맞춰 입어야 했다. 엄마가 늘 사다 줬던 옷들이 얼마나 촌스러운지는 금방 깨달을 수 있었다! 시대에 뒤진 어린애들 옷, 서로 어울리지도 않고 통일성도 없는 옷차림. 특히, 유명 상표도 아닌 게 문제였다. 다른 애들은 전부 다, 스폰서 회사의 로고들로 뒤덮인 '투르 드 프랑스'* 선수들의 유니폼 같은 옷을 입고 다녔던 것이다. 나도 장단을 맞춰야 했다. 비록 엄마 지갑에 타격은 줬지만 말이다. 그러나 유행이란 건 뚱보들을 위해 만들어진 게 아니었다. 날씬한 사람이 입으면 세상 없이 멋있어 보이던 옷도 뚱뚱한 사람이 입으면 우스꽝스러워졌다. 그나마, 아주 사이즈가 크고 여러 겹으로 되어 있어 몸매를 감추기에 좋은 운동복들이 있다는 것만도 다행이었다.

중학교에 들어오면서 생겨난 가장 중요한 변화는 바로 여자애들 문제였다. 그저 좋은 친구였거나, 아예 존재하는지조차 몰랐던

---

* 프랑스를 일주하는 자전거 경주

여자애들이 갑자기 남자애들의 고민거리로 등장한 것이다. 다들 여자애들에게 잘 보이려고 아양도 떨고, 잘난 척도 해 보고, 강인한 척하기도 했다. 괴로워 죽겠으면서 담배도 피워 보고 말이다.

내가 뚱뚱하다는 사실을 깨닫게 된 것도 결국은 여자애들 때문이었다. 여자애들이 날 다른 남자애들 보듯이 봐 주지 않는다는 것, 까놓고 말해, 난 친구는 될 수 있을지언정 그 이상은 절대로 될 수 없다는 걸 알게 된 것이다. 뚱보인 한은, 후보자 명단에 오를 수조차 없었다. 난 경쟁에 끼어들 수가 없었다.

한번은, 알랭 삼촌과 그 얘기를 한 적이 있었다. 아빠의 동생인 삼촌은 우리 집안의 또 다른 뚱보였다. 어느 일요일, 삼촌이 뚱뚱한 아내와 뚱뚱한 두 아이들을 데리고 우리 집에 놀러 왔을 때였다. 삼촌은 날 보더니, 가슴을 쿡 찌르며 말했다.

"어이구, 이 녀석 봐라. 이제 젖통이 여자만 해지겠는데!"

삼촌은 날 귀여워했다. 날 보면 자신의 어린 시절이 생각나서였을까? 나중에, 점심을 먹고 나서 모두들 한 바퀴 산책을 나갔을 때였다. 난 앞에서 삼촌과 나란히 걸으며 물어봤다.

"삼촌은 내 나이 때 여자애들하고 어땠어요?"

"네 나이 때? 난 너보다도 더 뚱뚱했지. 그러니, 알 만하지 않니? 여자애들이란…… 처음엔 너도 다른 애들처럼 예쁜 여자애들만 쳐다볼걸. 그러다 시간이 흐르면서, 여자애들이 다른 남자애들

하고만 데이트하는 걸 보게 될 거야. 너만 쏙 빼놓고 말이야. 그러면 너 역시도 못생긴 여자애들만 쳐다보기 시작하는 거지!"

그 말을 듣는 내 표정이 꽤나 딱해 보였나 보다. 삼촌이 웃으며 물었다.

"충격 받았냐?"

"어…… 아뇨, 아뇨!"

난 거짓말을 했다.

"하긴…… 나도 네 나이 땐 뚱뚱한 여자애들을 싫어했었지. 걔들 역시 날 거들떠도 안 봤고! 하지만 어쩌겠니. 뚱뚱한 남자, 뚱뚱한 여자는 아무도 안 좋아하는걸. 그러다 보니 저절로 뚱뚱한 애들만 남게 됐고, 자연히 우리들끼리 만나게 됐지!"

"그럼 작은엄마랑 결혼한 것도 작은엄마가 뚱뚱하기 때문이었어요?"

"그렇진 않아! 뚱뚱한 덕에 만나게 된 건 사실이지만…… 그다음 과정은 누구나 다 마찬가지 아니겠니. 말랐건 뚱뚱하건 간에, 서로 사랑하고, 서로를 위해 살아가고…… 또 그렇지 않을 수도 있고."

나중에, 산책하면서, 난 작은엄마를 유심히 보았다. 작은엄마는 참 예쁘게 생겼다고 다들 말한다. 그러나 그 말끝에 꼭 덧붙이는 말이 있다. "저렇게 뚱뚱하지만 않았어도……." 이 말에는 안됐다는 마음과 함께 뚱뚱하지 않은 자신에 대한 만족감도 들어 있다.

삼촌 부부는 둘 다 뚱뚱하기 때문에 사람들의 시선을 끈다. 뚱뚱한 부부를 보면 재미있다. 그중에도 삼촌 부부는 특히 보기가 좋다. 두 분은 너무나도 마음이 잘 맞고, 서로를 존경하며, 늘 손을 잡고 다니면서 연인들처럼 뽀뽀도 한다. 나도 다른 사람들처럼 삼촌 부부를 좋아한다. 그러면서도 삼촌을 보고 있노라면, 삼촌과 닮아서 좋다거나, 나중에 삼촌처럼 되고 싶다는 생각은 안 든다. '사람 좋은 뚱보'란 말은 그다지 듣고 싶은 말이 아니다.

살찌는 체질을 타고난 것보다 더 억울한 일도 없을 것이다. 나보다 더 많이 먹으면서도 단 1그램도 살이 안 찌는 사람들이 있다! 내 친구 에릭만 해도 그렇다. 걜 보면 정말 속상하다. 걔는 하루 종일 먹어 댄다. 그것도 내가 좋아하는 것들만. 그러면서도 언제나 변함없이 말라 있다. 마른 사람들, 보통 사람들, 다시 말해 대부분의 사람들은 자신들이 얼마나 축복을 받은 건지 깨닫지도 못한다. 또 그 행운을 이용해 실컷 먹을 생각도 못 한다! 내가 그들이라면, 아침부터 저녁까지 먹어 댈 것이다. 이제 겨우 열여섯 살 된 중3짜리 아이인 내가, 진짜 배고픔을 경험해 봤다고는 양심상 못 하겠다. 그러나 왠지 먹으면 안 좋을 것 같아 먹지 못한 것들은 있었다. 혹은 먹으면서도 죄책감을 느꼈던가.

엄마는 삼촌 얘기만 나오면, 늘 삼촌을 이해할 수가 없다고 한다. 도대체 왜 그런 상태로 사냐는 거다. 살을 빼는 건 결단의 문제일 뿐이며, 그냥 안 먹으면 된다는 것이다. 그러나 엄마가 모르는 게 있다. 먹는 걸 정말로 좋아한다는 것, 그러니까 '열정적으로' 좋아한다는 게 어떤 건지를 모르는 것이다.

어느 날, 엄마가 삼촌의 등 뒤에서, 도대체 의지가 없는가 보다고 흉보는 걸 들었을 때, 난 화가 났다. 그래서 엄마한테 물었다. 그러는 엄마는 왜 담배를 못 끊는 거냐고. 평생의 마지막 담배라며 결심을 했다가도 채 3주도 못 되어 다시 피우기 시작하는 건 왜 그런 거냐고. 똑같은 거다. 엄마는 담배가 몸에 나쁘다는 걸 알면서도 못 끊는다. 또 삼촌은, 뚱뚱한 걸 괴로워하고, 뚱뚱하면 심장병이며 이런저런 문제가 많다는 걸 알면서도 계속해서 먹어 댄다…….

삼촌도, 엄마가 담배 끊듯, 그렇게 단순히 살을 빼 본 적은 있었다. 그러나 살이 빠진 뒤엔 다시 먹기 시작했다. 삼촌이 그 얘길 해 준 건, 그 일요일 오후가 저물어 갈 무렵, 내가 이렇게 물었을 때였다.

"삼촌은 살 빼려는 노력은 한 번도 안 해 봤어요?"

"무슨 소리! 평생 그 생각만 하면서 살아왔는데! 내 나이가 지금 마흔이거든. 다이어트를 해 온 지도 벌써 25년째야……. 난 별의별 방법들을 다 써 봤고, 그 결과들이 어떤지도 다 경험해 봤지!

난 이렇게 뚱뚱하지만, 세상의 그 어느 마른 사람들보다도 더, 먹는 걸 참으며 살아왔어! 내가 아는 뚱뚱한 사람들은 모두 다 다이어트를 하고 있지. 모두 다!"

# 5

난 결국 간호사의 편지는 잊어버리기로 했다. 완전히…… 아니 일시적으로. 1학기는 별 문제 없이 잘 지나갔다. 성적도 거의 다 평균 점수를 받았다. 체육만 빼고.

핸드볼, 그건 그래도 괜찮았다. 난 핸드볼을 좋아했고, 골도 어찌어찌 잘 넣는 편이었다. 문제는 육상이었다. 체육 선생님이 육상을 광적으로 좋아했던 것이다. 모로 선생님은 키가 컸고, 머리통은 작은 대신 팔은 굵었다. 짧게 깎은 머리카락과 턱수염은 빛바랜 지푸라기같이 누랬다.

선생님에겐 말끝마다 "어……"를 덧붙이며 괴상한 억양으로 말하는 버릇이 있었다.

"프와레- 어…… 엉덩이 좀 움직여 봐- 어…… 넌 1미터 10센티 뛰는데도 기중기가 필요하냐− 어……?" 이런 식이었다.

운동장을 돌 때도, 선생님은 기운이 넘치는지, 숨이 막혀 헉헉거리는 나를 인정사정없이 추월하곤 했다.

"어이, 프와레− 어…… 다섯 바퀴 남았다− 어…… 그 정도 갖고− 어…… 인생이란 건 자신을 극복하는 거야− 어…… 자, 프와레− 어…… 견딜 만하지− 어…….."

그러면서 계속 보폭을 늘이며 혼자서 저만치 앞으로 달려나가는 것이었다. 그럴 때면 근육질의 장딴지와 엉덩이 때문에, 안 그래도 꽉 끼는 반바지가 터져 버릴 것만 같았다.

모로 선생님이 좋아하는 건 성취와 경쟁 정신이었다. 다른 애들을 물리치고 1등으로 도착하기 위해 악착같이 달리는 애들. 도착 지점에 이르면 손을 엉덩이에 대고 가슴을 벌렁거리며, 이를 악문 채로 호흡을 고르는 씩씩한 애들. 전쟁 영화에서, 마취도 안 한 채로 몸에 박힌 총알을 빼내는 군인처럼 독한 애들 말이다.

한마디로, 선생님은 당찬 애들을 좋아했다. 나처럼, 그날 할 운동의 내용만 듣고도 벌써 땀을 흘리기 시작한다거나, 워밍업이 끝나기도 전에 저항력의 한계에 도달하는 뚱뚱한 애들은 특히 싫어했다.

운동장을 돌 때, 난 첫 번째 바퀴를 반만 돌고 나도, 어느새 남자애로선 유일하게 꼴찌 그룹에 속해 있었다. 달리기가 무슨 미용

체조인 줄 아는지, 팔꿈치를 가슴팍에 갖다 대고 팔은 옆으로 펼치면서 주먹을 하늘로 쳐드는 한심한 여자애들 사이에 섞여 있어야 했던 것이다. 난 중1 때도 모로 선생님 반이었는데, 3학년이 되어 또 그 선생님 반에 나타나자, 선생님은 출석을 부르면서 애들 앞에서 이렇게 말했다.

"프와레? 그 프와레— 어? 어휴…… 두 번씩이나— 어…… 내가 무슨 죄를 졌기에— 어?…… (애들은 모두 자지러졌다) 자, 여학생들아, 기쁜 소식이 있다— 어…… 너희들도 이제 드디어 남자애를 추월해 볼 수 있게 됐구나— 어!"

1학년 3학기* 때도, 선생님은 내가 반바지를 안 입는다고 매번 못살게 굴었다. 선생님에겐, 3학기 하면 무조건 반바지였다. 비가 오건 바람이 불건. 4월 첫 수업부터, 선생님은 모범을 보이기 위해 헐렁헐렁한 파란색 반바지를 입고 나타났다. 바지 아래로, 털이 숭숭 나 있고 금방이라도 근육이 폭발할 것 같은 장딴지가 드러났다. 난, 내 투실투실한 장딴지와 무릎을 모두에게 드러내 보이고 싶은 마음이 전혀 없었다. 게다가 반바지를 입고 뛸 때면, 넓적다리끼리 서로 맞닿는 바람에, 살이 짓물러서 일주일씩 오리걸음을 걸어야 하는 것도 큰 고역이었다.

---

* 프랑스의 학제에서 한 학년은 세 학기로 나뉜다. 3학기는 봄에 부활절 방학이 끝나면서 시작된다.

40

금요일 오전은, 그 두 시간의 고문 때문에, 내겐 악몽이었다. 게다가, 당연한 얘기지만, 난 땀을 많이 흘렸다. 그런데 운동하고 난 뒤에 샤워도 할 수가 없으니, 하루 종일 몸이 끈적끈적한 게 금방 사우나에서 나온 것 같았다. 그뿐인가, 금요일 점심 메뉴가 생선이란 것까지 감안하면, 금요일 오전에 체육 시간이 들어 있다는 건 정말이지 최악이었다. 두 시간씩 운동을 하고 나면 배가 엄청 고프기 마련인데, 학교 식당의 생선 요리는 말 그대로 끔찍했던 것이다.

사실 생선 요리처럼 쉬운 게 어디 있을까. 소금 한 움큼에, 올리브유 한 술만 뿌리면 끝나는걸! 스테이크를 으스러지도록 물에 삶는 일은 절대 없다! 그런데 생선은 왜 그렇게 하냔 말이다. 어째서 형체도 없는 죽 상태로 먹으라고 하냔 말이다. 생선 메뉴 중 그나마도 나은 건, 네모난 생선에 아무런 간도 하지 않고 빵가루를 묻혀 튀긴 것이었다. 어쨌거나, 금요일이면 난 모로 선생님에게 시달리느라 너무 허기가 진 나머지, 마지막 생선 가시까지도 깨끗이 먹어 치웠다. 심지어는 일부러 입이 짧은 아이들 옆에 자릴 잡고 앉아, 걔들이 남긴 걸 먹어 치운 적도 있었다.

모로 선생님만 빼고는, 그럭저럭 지낼 만했다. 우리 반 애들은 착한 편이었고, 아주 좋은 친구도 한 명 새로 사귀었다. 하루 종일 먹으면서도 살은 안 찌는 그 에릭 녀석 말이다. 키가 194센티미터나 되면서도 몸무게는 65킬로그램밖에 안 나가는 그 녀석은 게다가 괴상한 귀고리까지 하고 다녔다. 솔직히, 애초에 내가 걔랑 같이 다녀야겠다는 생각을 한 것도, 걔가 나보다 남들의 시선을 더 많이 끌 거라고 계산했기 때문이다.

간혹, 우리 둘이 지나갈 때면, '로렐과 하디'*라고 놀리는 소리가 들리기도 했다. 누가 로렐이고, 누가 하디인지는 말할 필요도 없을 것이다. 난 점차, 에릭이 나보다도 더 콤플렉스가 많다는 걸 알게 되었다. 우리는 떨어질 수 없는 사이가 되었다. 우리의 중요한 토론거리는, 뚱뚱한 것과 마른 것 중 어느 쪽이 더 괴로운가 하는 것이었다. 말할 것도 없이, 더 괴로운 건 내 쪽이었다.

에릭은 사람들 눈에, 딱해 보이지는 않았다. 그저 굉장히 마른 아이일 뿐이었다. 반면에 나는 의지가 없는 아이, 되는대로 사는 아이, 하루 종일 먹기만 하는 아이로 보였다. 뚱뚱한 사람들은 남들로부터 부정적인 시선을 받는다. 거기에 차이점이 있다.

집에서의 생활은 비교적 편안한 편이었다. 엄마와 나는 아빠 없이 사는 데에 익숙해져 있었고, 사실은 그 어느 때보다도 행복했다……. 정말 그랬던 것 같다. 아빠와의 이별에서 받은 충격 때문에, 우리 사이가 더 끈끈해졌던 걸까.

---

* 20세기 전반, 미국에서 짝을 이뤄 「로렐과 하디」 시리즈에 출연한 두 배우. 로렐은 뚱뚱하고, 하디는 홀쭉하다.

아빠가 돌연 우리에게 고백을 했을 때, 함께 살고 싶은 여자를 만났다고 했을 땐, 땅이 꺼지는 줄 알았다. 그때는 여름이었다. 디나르로 휴가 떠나기 바로 일주일 전……. 매년 해 왔던 대로, 이미 오래전에 집까지 빌려 놓은 상태였다. 엄마와 나는 디나르에서 괴상한 방학을 보냈다. 엄마는 내내 울기만 했고, 난 아빠에게 이를 갈았다. 그러나 시간이 흐르면서, 분노도 가라앉았다.

아빠는 내게 소피 아줌마를 소개했다. 말하기 부끄럽지만, 내가 아줌마를 좋아하게 되기까진 별로 오래 걸리지 않았다. 아줌마는 엄마보다 더 젊었고, 더 예뻤고, 더 세련됐고, 더 재미있었다. 고백하자면, 난 이제 소피 아줌마를 굉장히 좋아하고, 아빠를 만나는 주말마다 셋이서 함께 즐거운 시간을 보낸다.

엄마로 말할 것 같으면, 엄마 역시 더 이상 아빠 생각을 않기로 결심한 날부터, 다시 말해 과거에 줄을 쫙 그어 지워 버리기로 한 날부터, 더 화통해졌다. 예를 들어, 집 안 살림에 거의 집착을 보이다시피 했던 엄마가, 더 이상 집안일엔 신경 쓰지 않겠다고 선언을 한 것이다. 그 후로 엄마는 엄밀하게 최소한의 가사 노동만 했고, 그나마도 나와 분담했다. 대충 난 부엌일을 맡고, 엄마는 청소를 맡는 식으로.

엄마는 위성 방송을 신청했고 비디오 클럽에도 가입했다. 엄마는 원래부터 골수 영화 팬이어서, 우린 매일 저녁 영화를 봤다. 위성 방송으로든, 비디오로든. 엄마는 '청소년 세대의 구제할 수 없는 무교양'을 보완하기 위해 오래된 흑백 영화들을 빌려 왔다. 난 또, 엄마가 나와 같은 시대를 살아가게 하고 싶어, 내가 좋아하는 영화들을 빌려 왔다. 토요일이면 영화관에도 갔다. 내가 아빠를 만나러 가는 때만 빼고.

1학기도 끝나 갈 즈음의 어느 금요일 저녁, 엄마가 뜬금없이 내게 말했다.

"내일, 네 바지 사러 가자."

"뭐?"

"다음 주말이 네 아빠 여자 생일이잖니(엄마는 아직까지도 '소피'라고 부르지 못하고 있었다). 그 인간, 속물스러워서 손님들도 많이 부를 텐데, 너도 운동복 차림으로 갈 수는 없잖아……."

"그렇지만……."

"잔소리하지 마. 난 내 아들이 초라하게 보이는 건 못 참아. 내일 바지 사러 가는 거다."

난, 시장에서 말고는, 쇼핑은 딱 질색이었다. 더구나 내 옷을 산다는 건, 공포 그 자체였고, 공포 중에서도 최악은 바지였다.

다음 날, 엄마는 날 상가에 데려갔다. 토요일마다 우리가 영화를 보러 가곤 하는 곳이었다. 우리는 멋쟁이 청바지 따위를 파는 가게들을 모두 지나치고 마침내 '르 프랭땅'이라는 커다란 가게로 들어갔다. 3층의 남성복 코너에는, 바지들이 숲을 이루고 있었다……. 전부 다 재미있게 생긴 것들이었다.

"저걸 나한테 입으라고 하는 건 아니지?"

"왜 아냐……. 저기 점원이 있네. 아가씨!"

금발의 여자 점원은 스무 살도 채 안 넘어 보였다. 눈동자는 파랬고, 눈가는 거무스름했다. 통굽 구두를 신고, 꽉 끼는 검은 바지와 티셔츠를 입고 있었는데, 가슴엔 '오펠리'라는 명찰이 달려 있었다. 한마디로 잘 빠진 여자였다. 딸기껌을 씹고 있는지, 멀리서도 그 향기가 맡아졌다.

"얘 바지 좀 사 주려고 하는데요."

오펠리가 입가에 예의 바른 미소를 지으며 날 바라보자, 난 얼굴이 달아올랐다. 속으로는 경멸하면서도, 고객에겐 웃어 줘야 한다고 교육을 받았으니, 안 웃어 줄 수도 없겠지…….

"네, 사모님. 어떤 종류를 원하시지요?"

"외출복이요……. 깔끔하고 멋진 거로요."

오펠리가 날 살펴보는 동안 난 고개를 쳐들고 있었다. 내 몸에 맞는 게 없으리란 걸 나도 알고 있다는 표시였다.

엄마가 옷걸이에 걸린 바지 한 벌을 갖고 왔다.

"이거, 괜찮네요! 벵자맹, 이거 어떠니?"

난 어깨를 움찔했다.

"그건 좀 구식 아닌가요? 더 발랄한 디자인도 있는데……. 아드님 나이가 몇 살이죠?"

오펠리가 말했다.

"열여섯 살이요."

엄마가 대답했다.

"따라오세요……."

우리는 오펠리를 따라갔다. 그녀의 경쾌한 걸음걸이가 내 눈을 사로잡았다. 우중충한 옷들 사이를 한참이나 지나자, 훨씬 친숙하게 느껴지는 판매대가 나타났다. 진으로 된 상의, 스케이트 바지, 티셔츠, 가죽 잠바 등이었다. 엄마가 상을 찡그렸다. 당장에 엄마 입에서 튀어나올 잔소리를 막기 위해, 난 내 눈에 쏙 들어오는 바지 한 벌을 꺼냈다. 카키색의 면바지였는데, 무릎 바로 위에 옆으로 커다란 주머니들이 달려 있었다. 오펠리는 날 쳐다보더니 손가락 끝으로 바지걸이들을 하나하나 살펴보았다.

"이 디자인은 사이즈가 작은 것들밖에 없네요……. 기다리세요, 금방 올게요."

난 귀 끝까지 새빨개졌다. 30초 후, 오펠리는 1미터짜리 줄자를 갖고 돌아왔다.

"사이즈를 재 드릴게요. 윗옷을 벌려 보세요."

난 윗도리를 벌리면서 배를 쑥 집어넣었다. 오펠리가 내 허리

주위로 줄자를 둘렀다. 팔이 짧은 오펠리가 내 몸에 거의 닿을 듯 가까이 오자, 향기가 느껴졌다. 머리카락은 내 코를 간질였다. 오펠리가 줄자의 끝부분을 들여다보더니 말했다.

"아! ……학생 사이즈는 저기, 저쪽으로 가면 있겠네요."

과연 그 구석에 가 보니, 방금 전에 벗어났던 그 끔찍한 옷들이 또 쌓여 있었다. 할아버지들이나 입는 회색이나 검은색의 칙칙한 바지들……. 난 엄마 귀에 대고 속삭였다. 살을 따끔따끔 찌르는 회색 바지 같은 건 아예 사 줄 생각도 말라고. 오펠리는 검은 면바지를 꺼냈다.

"이걸 입어 보세요. 아마 맞을 거예요……. 바로 옆에 탈의실이 있어요."

난 옷걸이를 받아들고 탈의실의 커튼을 쳤다. 당연히, 바지는 내 엉덩이 중간에 걸렸다. 허리 사이즈는 그럭저럭 맞을지 몰라도, 허리까지 올라올 수가 없으니……. 난 내 옷으로 다시 갈아입고 커튼을 열고 나왔다.

"어때요?"

오펠리가 물었다.

"좀 끼는데요."

"문제없어요. 더 큰 치수도 있으니까요."

오펠리는 내게 또 다른 바지를 주었고, 난 탈의실로 다시 들어갔다. 벌써 더위가 느껴지기 시작했고, 거울에 비친 내 얼굴도 붉게 상기된 모습이었다. 엄마가 주책맞게 커튼 사이로 머리를 들이밀어서, 난 신경질적으로 닫아 버렸다. 가게 안의 사람들이 팬티만 입은 내 모습을 보면 어떡하려고. 이번 바지는 10센티미터 정도 더 올라왔지만, 그렇다고 허리까지 충분히 올라올 정도는 아니었다. 나는 날 거기 데려간 엄마를 원망하며 다시 운동복으로 갈아입고 나왔다.

"이것도 작은데요."

"이건 원래 좀 끼는 스타일이에요……. 가만있자…… 이건? 이건 다트가 들어 있어서, 더 잘 어울릴 것 같은데요."

다트 때문에 뒤룩뒤룩한 살이 다 드러나는 게, 꼭 중세 시대의 어릿광대 같았다. 그러나 어쨌든, 바지를 허리까지 올리는 데는 성공했다. 단추까지 잠근 건 정말 엄청난 노력의 결과였다. 난 옷이 터질까 봐 숨도 참아 가며 탈의실에서 나왔다. 진공 포장한 소시지 같은 꼴이 되어 있었다.

"엉덩이가 좀 끼네요."

엄마가 말했다.

실은 여기저기 안 끼는 데가 없었다. 내 모습이 어찌나 우스꽝스럽던지, 난 외계의 모든 신들에게 날 1초만이라도 납치해 달라고 기도했다. 〈엑스 파일〉에서처럼 인간 실험의 대상으로 써도 좋다고. 오펠리의 시야에서 사라질 수만 있다면 무엇이든 하겠다고 절박한 마음을 먹고 있을 때, 오펠리가 기발한 아이디어를 냈다.

"진 바지는 어떨까요?"

그 말을 한 오펠리를 껴안아 주고 싶을 정도였다. 정말로 그녀를 껴안을 수도 있었다. 물론, 엄마는 맘에 안 들어 했다.

"아주 멋지고 점잖은 검은색 진 바지가 있거든요."

그 말에 엄마도 넘어가, 또다시 두 벌을 연달아 입어 봤다. 마침내 오펠리는 내게 맞는 검은 진 바지를 찾아냈다……. 발 아래로 20센티미터나 남는 바지를.

"길이는 문제없어요. 고치면 되니까요."

천만에, 무슨 말씀. 내가 진 바지를 처음 입는 줄 아나? 길이를 줄이면 어떻게 되는지, 난 이미 잘 알고 있었다. 진 바지는 아래쪽에서 통이 좁아지는 게 원칙이다. 그러니 아랫부분을 20센티미터나 잘라 내고 나면, 통바지가 되어 버리고 만다. 그게 도대체 뭔가.

난 바지를 입어 보다가 완전히 지쳐 버렸다. 더웠고, 목도 말랐고, 창피했다. 결국 일곱 번씩이나 갈아입어 본 끝에 비로소 오펠리는 바지 아랫부분에 핀을 꽂았다. 오펠리는 풍선껌을 씹으면서 포장을 했고, 난 그녀의 아름다운 파란 눈을 마주 볼 용기도 내지 못한 채 그곳을 떠났다.

난 기가 죽고, 지친 데다, 모욕감도 느꼈다. 그러나 진짜 기막
힌 일은 2주 후, 크리스마스 방학이 시작되었을 때 일어났다.

# 6

에릭과 나는 크리스마스 휴가 동안 아무 데도 가지 않았기 때문에 매일 만났다. 첫 주엔 볼 만한 영화들을 거의 다 보았다. 월트 디즈니의 신작 영화가 남아 있었지만, 그건 어린애들이나 보는 거라는 데 의견의 일치를 보았다. 둘 다 속으로는 보고 싶은 마음이 굴뚝같으면서도, 안 그런 척했던 것이다.

금요일 아침, 에릭이 전화를 걸어 왔다.

"수영장 가지 않을래?"

"수영장?"

"응……. 이젠 영화도 지겨워서."

"수영장도 끔찍하지 않냐."

"무슨 소리야, 얼마나 재밌는데……. 너희 동네 수영장엔 커다란 미끄럼틀도 있다며! 신나게 좀 타 보자……."

"어휴……."

"가자……."

나도 수영장이 좋긴 했다. 물, 헤엄치기, 잠수하기……. 그러나 디나르에서 수영장에 갔던 날, 폭풍이 불면서 너무 어두워져서 조명을 켰을 때, 거울에 비친 내 수영복 입은 모습을 본 이후로는 포기하고 말았다.

바닷가라면 좀 다르다. 거기선 무리들 속에 파묻힐 수도 있는 데다가 호젓한 구석을 찾기도 쉽고, 바위들 사이에 물건들을 숨겨 놓을 수도 있다. 그러나 수영장에선, 남들의 시선을 피할 재간이 없다. 특히 여자애들의 시선을. 수영장에선 남자건, 여자건, 서로를 유혹하느라 정신없다. 닫힌 공간 안에서, 절반은 벌거벗고 있기 때문일 것이다. 자기들끼리 노느라 정신 없는 아이들이나, 누워서 일광욕을 즐기는 노인들만이 예외다.

수영장이란 곳은 다분히 성적인 공간이어서, 배가 불쑥 튀어나와 걸을 때마다 출렁거리는 나로선, 수영장에 갈 때마다 맘이 편하질 못했다.

"가자……. 나, 수영복 갖고 갈게."

에릭이 고집을 피웠다.

"브래드 피트도 보러 가야 되는데!"

"다음 주에 보면 되지 뭐…… 난 수영하고 싶단 말이야……"

"좋아…… 오케이."


전화를 끊고 나서, 서랍에서 수영복을 찾아 보았다. 지난 여름에 엄마가 사 준 게 있었다. 엄마는 내가 예전처럼 아침마다 수영장에 갈 거라고 생각했었나 보다. 그러나 위생상의 이유로, 수영장에서 반바지를 못 입게 하고, 반드시 수영복만 입도록 하면서부터, 난 더 이상은 수영장에 발을 디디지 않았다.

수영복을 입어 보니, 약간 끼었다. 좋아, 바지 사러 갔을 때처럼 또 한 번 용을 써 보지 뭐. 난 파란색 수영복을 겨우 입고 욕실 거울에 내 모습을 비춰 보았다. 그러자 어떻게든 에릭이 수영장을 포기하도록 설득해야겠다는 생각밖에 안 들었다.


오후 3시. 난 어깨에 커다란 목욕 수건을 둘러 무릎까지 덮은 채로 탈의실에서 나왔다. 에릭도 나왔다. 에릭은 수영복을 입으니 더욱 말라 보였다. 사람 몸뚱이에 근육과 힘줄과 뼈가 얼마나 많은지, 고스란히 드러났다. 에릭은 꼭 생물책에 나오는 껍질 벗긴 해부체 같았다. 살아 있는 생물 표본이랄까. 그래도 걔는 아무 거리낌 없이 수영장으로 걸어갔다. 반면에 나는 가마솥처럼 후텁지근한 그곳에서, 마치 춥기라도 한 것처럼 수건으로 몸을 감싸고 있었다.

에릭이 먼저 물로 뛰어들었고, 나도 얼른 따라 들어갔다. 몸을 드러내지 않기 위해, 수건을 벗어 던지자마자 급히 물가로 뛰어갔다. 일단 물에 들어가자, 긴장이 풀리며 몸도 가볍고 편안해졌다. 물속에서도 물안경 낀 사람들이 내 몸을 얼마든지 볼 수 있으리란 건 알고 있었지만 말이다(나 자신도 물속에서 여자애들을 훔쳐본 게 여러 번이지 않던가). 좋았다. 물은 따뜻했고, 난 즐기고 싶었다. 잠시 동안이라도 아시드니트릭스가 말한 내 '과체중'을 잊고 싶었다.

에릭과 내가 족히 두 시간 동안, 잠수도 하고, 헤엄도 치고, 숨 안 쉬기 내기도 하고, 깔깔대며 미끄럼틀을 내려오기도 하며, 신나게 놀고 났을 때였다. 물속에서 한참이나 숨을 안 쉬고 있다가 불쑥 올라와 보니, 바로 코앞에 클레르가 있었다.

"안녕, 벵."

난 입만 헤 벌리고 있었다. 수심이 얕은 곳이라, 서 있는 클레르의 허리까지밖에 물이 안 올라와 있었다. 머리카락은 뒤쪽에 달라붙어 있었고, 물에 젖어 투명해진 흰색 원피스 수영복 뒤로, 숨겨진 여체의 신비를 엿볼 수 있었다.

"안녕!"

난 경황없이 대답하며, 얼른 물속에 무릎을 꿇고 앉았다. 그래야 배를 감출 수 있을 테니까.

난 수심 1미터도 안 되는 그곳에서 애들처럼 놀고 있었던 게 아무렇지도 않다는 듯, 천연덕스러운 표정을 지었다. 클레르는 멋졌다. 팽팽한 갈색 피부는 수영장의 네온등 아래에서 빛이 났다. 어깨로부터 두 젖가슴 사이로 물방울 두 개가 흘러내리고 있었다. 난 침을 꿀꺽 삼키고 물었다.

"너도 여기 자주 오니?"

"응, 매일 와, 내 동생이랑……. 저기, 보이지? 난 수영 좋아하거든. 넌?"

"난 오늘 어쩌다 한번 온 거야. 에릭이랑. 저기 있다."

에릭이 우리 옆으로 오며 물을 튀겼다.

학교 아닌 곳에서 클레르를 보자, 무척 당혹스러웠다. 더구나 수영복 차림으로……. 클레르가 유난히 더 예뻐 보였다.

"우리 수영할래?"

"그래!"

클레르는 완벽한 자유형으로 출발했다. 유연하고 날렵했다. 나도 클레르의 뒤를 따라 있는 힘을 다해 헤엄쳤다. 난 헤엄을 잘 치는 편이었지만 클레르의 리듬을 따라가기엔 역부족이었다. 에릭, 걔는 헤엄치는 게 꼭 바보 같았다. 머리는 물 밖으로 내놓은 채 첨

벙대기만 할 뿐, 앞으로 나아가진 못했다. 에릭은 25미터를 가고
는 포기해 버렸다. 난 50미터 만에 숨이 끊어질 것 같았지만, 악착
같이 버텼다. 클레르는 세 번씩이나 왕복을 했다. 그래서 나도 그
렇게 했다. 마침내, 클레르가 멈췄다. 난 말 한 마디 할 수 없을 정
도로 녹초가 되어 있었지만, 클레르는 거의 숨도 안 차 하는 것 같
았다.

"나갈래?"

"어…… 난 조금 더 있다 갈래."

"오케이."

클레르는 수영장 가장자리까지 걸어가, 발끝으로 사다리를 올
라갔다. 움직임이 가볍고 경쾌했다. 클레르는 관중석에 앉아 있던
여동생에게로 갔다. 에릭이 내 옆으로 다가왔다.

"실컷 놀았다. 나가자. 너도 나갈 거지?"

"아니. 지금 말고."

"난 나가야 되는데……. 6시 30분 기차를 타야 하거든."

"5분만 더 있다 가자."

난 헤엄을 치는 척했다. 내가 나가기 전에, 클레르와 동생이 떠
나 주길 기대하면서. 그래야만 걔들 앞에 내 수영복 입은 모습을
안 보일 수 있지 않겠는가. 그러나 두 자매는 헤엄치는 사람들을
바라보면서 조용히 얘기를 나누고 있었다. 뭐라고 평을 하는 것

같기도 했고, 가끔씩은 소리 내어 웃기도 했다. 걔들이 일어서는지 어쩌는지 곁눈질로 훔쳐보면서 물속에서 절벅거리고 있는 나 자신이 처량하기 이를 데 없었다.

"어이! 서둘러!"

잠시 후에 에릭이 또 재촉했다.

하는 수 없이 마음을 단단히 먹고 사다리 쪽으로 향했다. 난 심호흡을 한 번 하고 배를 들이민 채 물 밖으로 나왔다. 내가 수건을 놓아 둔 계단은 클레르가 앉아 있는 곳보다 더 멀리 있었다. 클레르 앞을 지나려니, 관자놀이로 피가 다 솟구치는 것 같으면서, 귀에선 윙윙 소리까지 났다. 나는 날 보고 있는 클레르의 눈길을 느끼면서도 걔에겐 눈길도 안 준 채, 수건 있는 데까지 걸어가 수건을 얼른 뒤집어썼다. 그러고는 에릭을 따라 탈의실 쪽으로 갔다.

10분 후에, 수영장에서 나와 보니, 클레르 자매는 자전거의 자물쇠를 열고 있었다. 에릭이 걔들에게 손을 흔들었다. 나도 잘 가라고 인사를 하려는 순간, 걔들이 소리 내어 웃는 모습이 보였다. 걔들은 분명히 다른 얘기를 하고 있었을 텐데도, 왠지 그 순간, 날 비웃고 있는 것 아닌가 하는 의심이 들었다.

에릭의 기차 시간까지는 어느 정도 여유가 있었기 때문에 우리는 햄버거 집에 들렀다. 에릭은 브라우니*를 먹었지만, 난 커다란 햄버거와 감자튀김을 주문했다. 내게 있어, 먹는다는 건 어떤 경우에나 즐거운 일이었다. 행복할 땐 그걸 기념하기 위해, 맥이 빠졌을 땐 기운을 북돋우기 위해. 햄버거는 그리 맛있는 음식은 아니었지만, 약간 들척지근하고 니글거리는 그 냄새가 식욕을 일깨우는 통에, 의지고 뭐고 다 소용이 없었다. 평소처럼 1분도 안 돼 햄버거 한 개를 다 삼켜 버리고 나니, 늘 그랬듯이 나 자신이 혐오스러워졌다.

에릭은 기차를 타고 떠났고, 난 내가 어느 길로 가고 있는지도 모르는 채 집까지 걸어갔다. 혼란스러운 생각들이 머릿속을 맴돌며 맥이 쭉 빠졌지만, 아무런 결론에도 이르지는 못했다. 난 내가 창피했다.

집에 와서도 배가 하나도 안 고팠지만 엄마와 또 저녁을 먹었고, 아이스크림을 먹으면서 영화를 보았다. 제목도 생각이 안 나는 시시한 영화였다. 그러고는 내 방으로 올라와 침대에 누웠다. 마음이 무거웠다. 난 잠시 생각을 해 보다가 일어났다. 소리 나지 않게 아빠 책상으로 갔다(아빠가 떠난 뒤에도 우린 계속 그렇게

---

\* 땅콩이 든 초콜릿 과자

불렀다). 거기서 봉투 하나를 꺼내 가지고 내 방으로 돌아왔다. 책상 맨 아래 서랍을 뒤져, 학교 간호사의 구겨진 편지를 꺼냈다. 주먹으로 눌러 구겨진 데를 폈다. 찢어진 원래 봉투는 내버리고 새로운 봉투에다 편지를 넣었다. 난 봉투를 봉한 뒤, 거실로 다시 내려갔다. 엄마는 덧창을 닫고 있었다.

"깜빡 잊고 엄마한테 안 전했네요. 학교 보건 교사가 보낸 편지예요. 건강 검진 결과요."

# 7

내게 파리란 곳은, 둥근 유리 공 안에 들어 있는 장식일 뿐이었다. 에펠탑, 사크레 퀘르 성당, 판테온이 그려져 있는 엽서이기도 했다. 난 파리에는 일 년에 한두 번 정도밖에 안 갔기 때문에, 그런 관광 명소들이 어디에 붙어 있는지조차 몰랐다. 그렇다고 내가 파리에서 그리 멀리 살았던 것도 아니었다. 우리 집에서 파리까지는 겨우 15킬로미터밖에 안 떨어져 있었으니 말이다. 하지만 난 '변두리 촌놈'이었다. 몇 년 전, 디나르의 에클뤼즈 해안에서 만났던 파리 애가 날 비웃으며 말했듯이. 그때 난 '돌깍쟁이 파리 놈'이라고 대꾸했었다. 그게 무슨 소린지도 모른 채. 하마터면 큰 싸움이 날 뻔했었다.

어쨌거나 '변두리 촌놈'이란 건 맞는 말이다. 진짜 도시 옆에 빌

붙어 있는 가짜 도시에 사는 사람들, 과녁에서 빗나가 벽에 꽂혀 버린 화살. 교외란 그런 곳이다. 뭔가 덜떨어진 곳, 문젯거리만 많고 좋은 점은 없는 곳. 파리의 세련됨도, 시골의 뚝심도 없다.

'변두리 촌놈'은 사생아 같다. 이건 내가 의사의 주소를 들고, 엄마와 함께 파리의 6구*를 걸어가면서 느낀 심정이었다. 세련되고 화려한 거리가 줄곧 불편하게만 느껴졌다. 그건 아마도, 운동복을 입고 투박한 운동화를 신은 내 모습이 꽤나 촌스러워 보일 거라는 자격지심 때문이었을 것이다. 엄마가 지난 가을에 사 줬던 검은 진 바지를 입고 오지 않은 게 후회되었다. 사실, 그 바지는 벌써 좀 끼었다. 크리스마스와 연말연시를 지냈으니 당연한 일이었지만.

마침내, 우리는 그때까지 한 번도 보지 못한 아름다운 건물의 출입문 앞에 멈췄다. 반짝반짝 윤이 나는 금속판에는 이렇게 씌어 있었다.


**뒤보스크 박사**

**영양학자 침술가**

---

* 파리시의 행정구역의 하나. 시내 중심부로 유서 깊은 대학들과 출판사들이 모여 있는 문화의 중심지이다.

아시드니트릭스의 편지를 읽고 난 뒤, 엄마는 아빠한테 전화를 했었다. 헤어진 이후 처음으로 건 전화였다. 아빠와 얘기를 주고받은 10분 동안, 엄마의 목소리는 내내 얼음장 같았다. 엄마는 전화를 끊고 나서 비꼬는 투로 말했다.

"네 아빠 애인께서 아는 사람이 있으시단다……. 어련하시려구!"

'어련하시려구!' 할 땐, 두 눈을 하늘로 치켜뜨기까지 했다. 엄마가 그러는 건 순전히, 소피 아줌마가 우리보다 돈이 더 많다는 사실이 아니꼬워서였다. 소피 아줌마는 돈이 많다고 과시한 적도 없었지만, 엄마는 그 점 때문에도 아줌마를 더욱 미워했다. 엄마의 친구들은 대개 공무원, 비서, 점원 등이었다. 이자벨 아줌마는 여행사에서 일했고, 마리 아줌마는 선생님이었다. 그러나 소피 아줌마의 친구들은 전부 다 의사 아니면 변호사였다.

"그게 뭐 어쨌단 거예요?"

어느 날 내가 물은 적이 있었다.

"내가 너희 아빠를 처음 만났을 때만 해도, 그렇게 야심 많은 사람은 아니었어……."

말도 안 되는 소리. 하지만 난 아무 말도 안 했다. 엄마로선 아빠가 돈 때문에 자신을 떠났다고 생각하는 편이 훨씬 더 위안이 될 거라는 생각이 들었기 때문이다. 물론 아빠에겐, 말 못 할 여러 가지 괴로움이 있었을 것이다. 나야, 소피 아줌마가 부자든 아니든 아무 상관 없었다. 부자라고 해서 아줌마가 싫어질 이유는 없었다.

뒤보스크 박사의 사무실은 초라한 학교 보건실과는 하늘과 땅 차이였다. 그곳에 있는 건 모두가 희고, 현대적이고, 빛이 났다. 넓고 조용한 대기실에는 편안해 보이는 소파가 네 개 놓여 있었고, 낯선 음악이 잔잔히 흐르고 있었다. 중국 무술 영화에서 수련 장면을 슬로우 모션으로 보여 줄 때 으레 나오는 그 낭랑한 음악 말이다. 벽에는 푸른 바다 풍경을 그린 아름다운 그림들이 걸려 있었다. 그중 하나는, 거대한 파도가 배를 덮치는 그림이었다. 일본 그림이거나 중국 그림이거나, 아무튼 먼 나라의 것임은 분명했다.

들어서서 채 5분도 안 되었을 때, 진료실 문이 열리더니 흰 셔츠를 입은 키 크고 마른 남자가 나왔다. 그는 나만큼 뚱뚱하고 내 나이쯤 되어 보이는 여자애를 출입구까지 데려다주었다. 나가기 직전에, 그 여자애는 눈을 내리깔고 날 뜯어보았다. 그러자 알랭 삼촌의 말이 생각났다. 뚱뚱한 남자애들은 결국 뚱뚱한 여자애들과 사귀게 된다는…….

"프와레 부인, 들어오시죠."

엄마가 일어섰고, 나도 엄마를 따라 사무실로 들어갔다.

"네가 벵이구나."

난 내 별명을 부르는 걸 듣고, 깜짝 놀랐다. 소피 아줌마가 미리 내 얘기를 해 놓은 것이었다. 의사가 이번엔 엄마를 쳐다보았다.

"소피의 친구분 되시나 보죠?"

소피 아줌마가 아무 얘기도 안 한 게 틀림없었다. 엄마가 이를 가는 소리가 나한테까지 들렸다. 난 혹시라도 엄마가 이럴까 봐 겁이 났다.

"천만에요, 그 여잔 내 남편을 훔쳐 간 년이에요."

# 8

뒤보스크 박사의 진료실에선 체중계까지도 현대적이었다. 잡지 같은 데서 잘 쓰는 표현을 빌리자면, '디자인' 그 자체였다. 그러나 그 멋들어진 체중계도, 내 몸무게를 93킬로 300그램 밑으로 줄여 주진 못했다. 크리스마스 휴가 직후엔 절대 의사를 만나선 안 된 다.

"자…… 벵, 네가 주로 먹는 게 어떤 것들인지 말해 보겠니?"

"으음…… 그냥 아무거나요."

"뭘 좋아하는데?"

"앤 뭐든지 좋아해요! 거의 다……."

엄마가 아줌마들 특유의 끝도 없는 사설을 늘어놓는 통에 창피 해 죽을 지경이었다. 의사가 겨우 엄마의 말을 끊고 질문을 던졌다.

"그럼, 네 생각엔, 네가 먹는 것들 중에 어떤 것 때문에 살이 찌는 것 같아?"

난 머뭇거리다가 대답했다.

"특별한 건 없어요! 저도 다른 사람들이랑 똑같이 먹거든요. 단지 신진대사가 잘 안 이루어져서 칼로리 소모가 안 되는 것뿐이에요."

의사가 빙그레 웃었다. 그 신진대사 얘기는, 건강 검진이 끝나고 나서 간호사가 주었던 책자에서 읽은 것이었다.

"그래. 맞는 말이지. 누구나 영양소에 대해서 똑같이 반응하는 건 아니거든. 하지만 그것만으로는 설명이 충분치 않은 것 같은데……. 탄산음료도 마시니?"

"어…… 네! 콜라요."

"케이크도 먹고?"

"가끔씩……."

"소스 뿌린 음식을 좋아하지?"

난 대답하지 않았다. 슬슬 짜증이 나기 시작했다. 무슨 의도로 그런 것들을 묻는지 속이 뻔히 들여다보였기 때문이다. 맛있는 건 무조건 다 내 몸에 '나쁘다'는 철칙을 내가 모르고 있을 거라 생각하나? 어느 의사라도, 야채를 먹지 말라고 하는 법은 절대로 없을 걸.

"음식을 자주자주 먹는 편인가? 식사 사이사이에⋯⋯."

내 간식 리스트를 읊어 줄 수도 있었다. 잼 바른 식빵, 초콜릿, 버터, 치즈, 생크림 얹은 파이, 케첩을 듬뿍 뿌린 파스타, 소스에 적셔 먹는 빵, 마요네즈에 찍어 먹는 튀김, 소파 위에 뒹굴면서 비디오를 보며 먹는 아이스크림, 학교에서 나오는 길에 먹는 초콜릿 에클레르*, 소시지 등등. 한마디로, 아침에 잠자리에서 일어날 의욕을 불러일으키는 모든 것들!

"일상생활에서 지키기 쉬운 영양 섭취의 수칙들이 있거든⋯⋯."

지키기 쉽다고? 누구한테 쉽다는 거지? 삐삐 마른 데다, 축제 날에도 밥 한 공기만 먹으면 만족할 자기한테 쉽단 말인가?

난 무척 짜증이 났지만, 의사가 끝도 없이 늘어놓는 그 뻔한 규칙들에 귀를 기울였다. 난 살을 빼기로 결심을 했고, 바로 그것 때문에 거기 가 있는 것이었으니 말이다. 수영장에서 봤던 클레르의 모습을 떠올리는 것만으로도, 그럴 가치가 있다는 걸 깨닫기엔 충분했다.

마침내, 의사는 엄마한테 종이 한 장을 주었다. 거기엔 영양소의 결핍 없이 할 수 있는 다이어트의 비법이 씌어 있었다.

---

* 슈크림의 일종으로 모양이 길쭉하다.

"벵은 지금 한창 성장기에 있다는 걸 잊지 마세요. 아무렇게나 함부로 해선 안 됩니다."

그러고는 내게 돌아서서 말했다.

"아주 효과가 좋은 방법을 내가 하나 제안할게. 공책을 한 권 사서 거기다 네가 먹는 걸 매일매일 기록해 보는 거야. 하나도 안 빼놓고 전부 다. 식사 사이에 먹는 것 그리고 음료수까지도……. 다음번에 와서 같이 한번 검토해 보도록 하자. 자, 이제 누워 봐요. 치료를 시작할 테니까."

치료라는 게 뭘 말하는 건지 알 수가 없었다. 그러나 의사가 작은 바늘들이 가득 담긴 바구니를 들고 오는 순간, 건물에 들어올 때 현판에서 보았던 '침술가'라는 단어가 문득 떠올랐다.

"이걸로 몸의 중요한 부분들을 자극해서 다이어트를 도와주는 거야. 아주 효과적이지."

의사가 시키는 대로 긴장을 풀었는데도, 무척 아팠다. 바늘이 살을 찌를 때마다 난 숨을 깊이 쉬었다. 10분 만에, 난 고슴도치가 되어 버렸다. 바늘들이 몸에 완전히 꽂혀 버리기라도 할까 봐, 움직이지도 못하고 있었다. 열기가 흐르는 것처럼 찌릿찌릿한 데도 있었다. 특히 배에 일렬로 꽂아 놓은 네 군데와 양쪽 발의 네 번째 발가락에 꽂은 것들이 그랬다.

"자! 긴장을 풀고 쉬고 있어. 20분쯤 후에 올 테니까."

의사가 은빛과 금빛이 도는 담요를 덮어 주며 말했다.

그러고는 옆방으로 가서 다른 환자를 봐 주고 있었다. 긴장을 풀라니! 말이야 쉽지, 머리끝에서 발끝까지 서른 개도 넘는 바늘이 꽂혀 있는데…….

30분 후에, 우리는 다시 6구를 가로질러 지하철역으로 향하고 있었다.

"제발 다이어트 한번 제대로 해 봐라!"

엄마가 우울해진 건, 뒤보스크 박사에게 400프랑이나 지불해야 했기 때문이었다. 우리 가정의는 130프랑밖에 안 받는데 말이다. 더 기가 막힌 건, 2월 방학의 둘째 주로 다음 약속을 잡고 난 뒤, 엄마가 의료 보험에 제출할 서류를 달라고 했을 때*, 그가 아주 당연하다는 듯, 자긴 의사 자격증이 없다고 한 것이었다. 그렇다면 환불 받는다는 건 이미 물 건너간 일이었다.

---

* 프랑스에서는 일단 환자가 치료비를 다 낸 후에 보험사로부터 환불 받는다.

# 9

의사를 만난 게 수요일이었으므로, 다이어트는 다음 주 월요일부터 시작하기로 했다. 수요일에 당장 시작하기에는 주말의 유혹이 너무 가까이 있었던 것이다. 월요일부터 안 먹는 걸로 해 놓으면, 남은 나흘 동안에 평소 일주일간 먹을 걸 다 먹어 둘 수 있으리라는 계산이 섰다! 그건 이를테면, 최후의 만찬이요, 뚱보로서의 내 삶과 작별을 고하는 절차였다. 얼마나 많이 먹었던지, 일요일 밤에 잠자리에 들 땐 목에서 신물이 다 올라올 지경이었다. 다음 날 아침에 눈을 뜨면 마침내 새로운 삶이 시작되리라는 생각을 하자, 마음이 들뜨기까지 했다. 그러나 그 흥분 상태는 오래 가지 않았다.

다이어트 첫날인 월요일 저녁, 식탁에서 일어서는 순간에도 얼마나 배가 고프던지……. 그 전날 일요일 점심 때 다 먹지 않고 남겨 둔 초콜릿 케이크가 가슴에 사무치도록 아쉬웠다. 그 케이크는 내가 직접 만든 것이었다. 속은 말랑말랑하고, 가운데 부분은 거의 익히지 않은 것. 특징이라면, 아몬드 엑기스를 넣어 초콜릿의 단맛을 중화시키고, 다 구워졌을 때……. 가만있자, 얘기가 옆으로 샜다. 다이어트를 시작한 월요일 얘기를 하고 있었지. 입에 전혀 당기지 않는 것들만 먹어야 했던 그 괴로운 식사 말이다.

우선, 아침 식사로는, 소피 아줌마의 친구가 충고한 대로, 평소에 먹던 코코아 그리고 버터와 잼을 바른 빵 대신에 시리얼을 먹었다. 그러나 오해는 마시라! 초콜릿을 묻혔다거나 뭐 그런 게 아니라, 아무 맛도 없는 기본 시리얼이었으니! 미용에 좋다고 씌어 있어 엄마가 매일 아침 먹는 그것 말이다. 미용에 좋은지는 모르겠으나, 맛은 진짜 없었다. 난 시리얼에 저지방 우유를 붓고 설탕도 넣지 않은 채로 한 사발을 마셨다. 거기다, 지방 함량 0퍼센트인 크림치즈 그리고 비스코티*에 버터를 얇게 발라 먹었다. 차라리 안 바르는 게 낫겠다 싶을 정도였지만, 뒤보스크 박사 말로는, 버터를 완전히 안 먹어도 안 된다고 했다. 비타민 섭취를 위해선

---

* 딱딱하게 구운 식빵

아주 적은 양이라도 필요로 한다는 것이었다. 비스코티 대신 통밀 빵을 먹어도 좋다고 했다. 다만 한 끼에 한 조각씩만. 의사는 가학적인 표정으로 웃으며 덧붙였다. 그래도 비스코티가 나을 거라고. 맛이 없기 때문에 또다시 먹고 싶은 마음이 안 생길 거라는 것이었다. 그 말도 틀린 건 아니었다.

아침 식사 때는 신선한 과일도 먹으라고 했다. 겨울엔 바나나 외에 별다른 과일도 없건만, 바나나는 또 안 된다고 했다. 난 사과도 파이에 든 것만 좋아했기 때문에, 그냥 오렌지 주스를 만들어 마셨다. 차도 한 잔 마시라고 했지만, 그건 그냥 건너뛰기로 했다. 내게 있어, 뜨거운 물은 국수 삶는 데 쓰는 것 외엔 아무것도 아니었으니까.

먹으란 걸 다 먹고 나니, 식탁에서 일어설 때쯤엔 배가 두둑했다. 먹은 걸 공책에 다 적었더니, 평소보다 더 많이 먹은 것 같기도 했다. 그러나 오전 10시쯤 되었을 때, 난 그게 그렇지 않다는 걸 깨달았다. 프랑스어 시간과 영어 시간 사이였다. 배에 커다란 구멍, 아니 구덩이가 뚫린 것 같았다. 어질어질하기까지 했다. 게다가 평소와는 달리 초코바 같은 비상 식품도 안 가져온 상태였다. 내 다이어트 때문에 엄마가 그런 것들은 안 사다 놨던 것이다. 게다가 일요일 저녁 땐, 집에 아무것도 안 남기기 위해, 마지막 한 개까지 다 먹어 치운 터였다. 밤중에 목에서 신물이 올라왔던 것도 그 때문이었을 것이다.

점심 시간까지 기다리자니, 보통 일이 아니었다. 내 다이어트 일지에는 이런 항목도 들어 있어야 했다. '먹으려고 들면 먹을 수도 있었지만 먹지 않은 것.'

다이어트를 해서 좋은 점도 한 가지 있었다. 그건 배고픈 데 정신이 팔려, 수업 시간이 언제 지나갔는지도 몰랐다는 점이다!

점심때, 식당에서, 에릭은 기겁을 했다. 평소와 달리 내가 기름진 고기 요리 대신 찬 음식을, 감자튀김 대신 껍질 콩을 골랐기 때문이다. 그뿐인가. 빵도 한 조각만 먹고 디저트로는 무가당 요구르트만 먹었으니. 에릭이 나를 생전 처음 보는 사람처럼 쳐다보는 통에, 더 이상 비밀을 간직하고 있을 수가 없었다. 어디 아프냐고 물었을 때, 난 어쩔 수 없이, 다이어트를 하고 있다고 털어놨다. 고백을 하고 나니 오히려 잘됐다 싶었다. 누구든 알고 있는 사람이 있어야 내 노력의 증인이 되어 줄 것 아닌가.

에릭이 다른 애들한테까지 떠벌리는 바람에, 오후에 학교를 나올 때엔 어지간히 놀림을 받았다. 뚱뚱하다고 놀려 대던 바로 그 애들이 이번엔 다이어트를 한다고 놀려 대다니, 야속했다.

"그게 인간의 본성이야!"

엄마는 늘 입을 삐죽거리며 이렇게 말한다. 특히 아빠가 떠난 이후로.

버스에서, 클레르가 내 옆으로 자리를 바꿔 앉더니 물었다.

"너 정말 다이어트 시작했니?"

난 또 시달리겠구나 싶어 얼굴을 붉혔다. 그러나 아니었다.

"정말 생각 잘 했다! 너 용기 있구나."

얼떨떨했다. 난 구름 위에 둥둥 뜬 채로, 클레르와 얘기를 나눴다. 마치 우리 둘이 굉장히 친한 친구라도 되는 듯이. 우리는 같은 정류장에서 내렸다(우린 같은 동네에 살았다). 걔와 헤어지고 나서도, 가슴이 쿵쿵 뛰었다. 여자애들 마음에 들려면 다이어트를 하는 것만으로도 충분하단 말인가? 정말로 살이 빠진 것도 아니고, 계획을 세운 것만으로도?

내가 그렇게 들떠 있었던 건 분명히 주책맞은 일이었다. 사실 클레르의 행동은 친절했던 것일 뿐, 그 이상은 아니었으니까. 난 여자애들과의 관계에서 늘 그런 식이었다. 김칫국부터 마시는 것! 상대가 미소만 지어 줘도 사랑 고백이라 여기고, 인사로 뺨에다 뽀뽀만 해 줘도, 내게 모든 걸 허락했다고 생각하고.


생애 최초로 다이어트를 시작한 그날의 저녁 식사는, 아침, 점심보다 훨씬 어려웠다. 내게 있어, 저녁 식사 시간은 늘 특별한 의미가 있었다. 느긋하고 평온하게 즐거움을 나누는 시간. 훌륭한

74

저녁 식사는 잘 보낸 하루를 마무리지어 주고, 잘못 보낸 하루를 구제해 주는 법이다. 그러나 그날 저녁, 내 저녁 식사는 현실이 아니라, 식사의 환영일 뿐이었다. 10분 만에 끝나 버린 데다, 먹고 나서도 계속 배가 고팠다.

난 원래 야채를 쪄 먹는 데 대해선 아무런 반감도 없다. 야채의 향과 질감을 지킬 수 있는 훌륭한 조리법이라고까지 생각한다. 그러나 그건 요리의 장식으로서, 고기나 생선 요리에 색채감을 주기 위해서나 좋은 것이다! 찐 야채만 먹는다는 건, 말도 안 되는 일이다.

잠들기 직전, 내 머릿속은 클레르가 주인공으로 나오는 꿈과 안심 스테이크와 감자튀김이 주인공을 맡은 꿈 사이에서 오락가락했고, 빈속에선 꼬르륵꼬르륵 물 흐르는 소리가 한참 동안이나 들렸다.

# 10

1킬로 500그램! 의사는 내게 일주일에 두 번씩만 체중을 재 보라고 권했다. 몸무게한테도 변할 시간을 줘야 하지 않겠느냐는 거였다. 그러나 난 내 노력이 정말로 효과가 있는지 너무도 궁금해서, 화요일 아침에는 일어나자마자 체중계로 뛰어갔다. 다이어트 단 하루 만에 1.5킬로그램이 줄어 있었다! 물론, 의사도 처음에는 무게가 많이 줄 거라고 했었다. 미처 자리 잡지 못하고 있던 쓸데없는 살이 모조리 빠져 버릴 거라고.

1.5킬로그램이 줄긴 했지만, 지난주 수요일에 병원에서 쟀을 때보다는 500그램이나 더 나가는 상태였다. '뚱보로서의 마지막 주말'에 무려 2킬로그램이나 늘어난 탓이었다. 그래도 괜찮았다. 그 정도면 다이어트 첫날의 성과치고는 고무적이었다.

76

아침에 학교에 가는데, 벌써 좀 마른 것 같다는 느낌이 들었다. 물론 그건 착각이었겠지만, 내 삶에서 아주 예외적인 일, 즉 하루 종일 먹은 게 거의 없었다는 사실에서 생겨난 즐거움이었다. 위를 그렇게 비워 본 적이 생전 없었기 때문인지, 몸이 가볍게 느껴졌다. 너무나 흐뭇했다. 그래서 내 노력을 에릭에게 자랑하지 않을 수 없었다. 반대로, 난 클레르하고는 얘기할 기회를 얻지 못했다. 단 2초도 개와 단둘이 있을 수가 없었던 것이다.

신이 난 김에, 첫 2주 동안 난 아주 모범적인 다이어트를 했다. 아무런 지장 없이, 마음도 약해지지 않고. 2주가 지났을 땐 5킬로 300그램이 줄어 있었다. 어찌나 기쁘던지, 계속해서 날 괴롭히던 배고프다는 감각마저도 뿌듯하게만 느껴졌다. 배가 고프다는 건, 내가 제대로 된 길을 가고 있다는 명백한 증거일 뿐 아니라, 내 의지를 온전하게 지탱해 주고 정신을 긴장 상태에 놓아 주는 감시자이기도 했다. 난 의사가 충고한 대로, 내가 먹은 건 모두 다 공책에 적었다. 그러다 보니, 공책에 안 적어도 된다는 즐거움 그 자체를 위해 굶는 일까지 생겨났다. 2주 반 동안 그런 상태를 유지하자, 결국엔 배고픔도 사라졌다.

뒤보스크 박사도, 2주쯤 지나면 배고픔에 시달리지 않을 거라고 했었다. 위가 줄어든 식사량에 적응하는 데 필요한 기간이 그 정도라는 것이었다. 그건 사실이었다. 그러나 의사도 미처 모르는 게 있었다. 그건 바로, 배고픔, 결핍의 느낌, 위가 비어 있다는 느낌 그 자체가, 내가 잘 지내고 있다는 증거로 여겨졌다는 것이다. 계속 배고픈 상태로 지내다 보니, 마치 내가 무슨 특별한 삶을 살고 있기라도 한 듯한 느낌이 들었다.

그러나 내 몸이 음식을 덜 받아들이는 데 점차 적응해 갈수록, 내 정신은 새로운 타성에 젖어들기 시작했다. 처음 2주 동안엔 조금만 먹는다는 게 성취로 여겨졌지만, 어느새 그게 새로운 정상 상태가 되어 버렸던 것이다. 그건 과거의 정상 상태에 비해 즐겁지 않았다.

배고픔이 사라지면서, 슬슬 권태가 자리를 잡았다.


단번에 그렇게 되어 버린 건 아니었다.

내 다이어트가 최초로 삐걱거리게 된 건 아빠 생일날이었다. 레스토랑에 갔던 그 토요일 저녁은, 내가 다이어트를 시작한 지 3주째 되던 때였다. 아빠와 소피 아줌마는 내가 살을 뺐다는 데 대해 굉장히 자랑스러워하고 있었다. 내가 굴 열두어 개와(빵도 없이 먹었다) 농어 구이만을 주문하자 감동까지 받는 눈치였다. 디저트 차례가 되었을 때, 내 머릿속에선 복잡한 생각들이 정신없이 왔다

갔다 하고 있었다.

'디저트는 먹지 말자. 아니, 딱 한 번만······. 말도 안 돼. 그동안 애써 온 데 대한 보상으로, 안 될까? ······30초간의 즐거움을 위해, 모든 걸 망쳐 버린다는 건 바보짓이야! 그깟 설탕 조금 먹었다고, 3주간의 다이어트가 설마 물거품이 되기야 할라고······.'

그러면서도 메뉴판을 읽고 있는 내 입엔 침이 고였다. 사과 파이, 누가 글라세, 파베 오 쇼콜라, 크림브륄레, 배를 넣은 샤를로트*······

"뭐 좀 먹을래?"

아빠가 물었다.

"난 파베 오 쇼콜라를 먹을까 하는데."

"난, 샤를로트 먹을래."

아줌마가 말했다.

내가 미처 결정을 못 하고 있는데, 종업원이 주문을 받으러 왔

---

* 누가 글라세: 거품 낸 생크림, 달걀 흰자, 설탕의 혼합물에다가 꿀에 재워 구운 호두 과일 정과, 건포도 등을 넣어 차갑게 얼려 먹는 디저트

파베 오 쇼콜라: 녹인 초콜릿, 설탕, 버터, 달걀, 비스킷 등의 혼합물을 차갑게 식혀, 거품 낸 생크림을 뿌려 먹는 디저트

크림브륄레: 생크림, 달걀, 설탕의 혼합물을 오븐에서 중탕해 구운 뒤, 차갑게 식혀 먹는 디저트

샤를로트: 길쭉한 비스킷들로 틀을 만들고, 그 안에 배즙과 생크림 등의 혼합물을 채워 넣은 뒤 식혀 먹는 디저트

다. 아빠는 내 고민을 알아차리고 날 쳐다보았다.

"먹어도 될까요?"

내가 물었다.

"네가 원하는 대로 해. 내가 괜히 이래라저래라 해서, 나중에 네가 후회하게 만들고 싶진 않으니까."

"딱 한 번만, 안 될까? 오늘은 아빠 생일이잖아!"

아줌마가 물었다.

"지금 한번 먹어 두면, 나중에 더 큰 유혹을 이겨 낼 수 있을지도 모르지."

아빠가 덧붙였다.

"모든 일엔 예외라는 게 있으니까!"

"그럼, 크림브륄레로 주세요."

내가 웨이터를 보며 말했다.

난 욕구에 굴복했다는 게 좀 당혹스러웠다. 그러나 파베 오 쇼콜라를 안 고른 것만도 다행이었다. 원칙을 깨긴 했지만, 그래도 그 정도면.

크림브륄레는 맛있었다. 다이어트하느라, 계속 조금밖에 못 먹다 보니, 음식 맛이 신기할 정도로 더 좋아졌다. 모든 게 다 그랬다. 디저트뿐 아니라, 밍밍한 야채, 순무나 엔디브까지도! 배가 고프면, 평상시엔 하찮아 보이던 것들도 맛있어질 수 있다는 걸 깨닫게 된 셈이었다.

　레스토랑에서 나오면서, 난 큰 잔치라도 치른 것처럼 배가 터질 듯해 숨을 헐떡였다. 그건 예전엔 퍽 익숙했지만, 다이어트를 시작하고부터는 통 느껴 보지 못한 감각이었다.

　그다음 날, 그러니까 다이어트를 시작하고 처음으로 아빠 집에서 보내게 된 일요일 아침에, 난 코코아와 빵을 먹었다. 이미 전날 디저트에서 원칙을 깼으니, 또 다른 사소한 위반을 한 번 더 저지른다 해도 별것 아닐 거라 정당화하면서. 같은 생각으로, 점심때도 빵 세 조각과 콜라 한 잔과 사과 파이 한 조각을 먹었다. 한번 저지른 김에, 주말을 만끽하자! 이틀간의 여유를 즐기고서, 월요일부턴 더 진지하게 다이어트를 다시 시작하자……

　월요일이 되었을 때, 체중계에 올라서 보니, 단 1그램도 안 줄어 있었다. 괜찮았다, 더 늘지도 않았으니까. 대수롭지 않았다.


　한번 맛있는 걸 먹고 난 뒤에 다이어트를 다시 시작한다는 건 그렇게 간단한 일이 아니었다. 특별히 배가 고파서가 아니라, 메뉴가 너무 지겹게 느껴진 탓이었다.

　점심때 학교 식당에서, 난 찬 음식만 담은 접시에다 삶은 달걀 하나를 추가했다……. 달걀을 찍어 먹을 마요네즈도 곁들였다. 당연한 일 아닌가? 공책에는 마요네즈는 기록하지 않았다. 그건 아무엇도 아닌 사소한 거니까. 다음 날엔 마요네즈도 달걀도 적지 않았다……. 두 번째 빵 조각도, 그것 말고도 또…… 가령 파스타에 뿌린 케첩 같은 것도.

가장 힘든 건, 저녁때였다. 야채와 요구르트만 먹는 걸 더 이상은 견딜 수가 없었다. 점심때 식탁에서 일어나며 그 생각을 하면, 미리부터 맥이 풀려 버렸다.

아침 식사도 마찬가지였다. 밤에 잠자리에 들어 다음 날 아침에 먹어야 할 시리얼을 생각하면, 내 신세가 처량해지면서, 다가올 하루가 아무 보람도 없는 것처럼 느껴졌다.

아침에 잠에서 깨었을 때도, 맛없는 세 끼 식사가 떠오르면 차라리 다이어트가 끝날 때까지 다시 잠들고 싶어졌다. 그것처럼 살맛 안 나게 하는 일도 없었기 때문이다.

언제쯤에야 다이어트가 끝날 수 있을까? 난 살찌는 체질을 타고났기 때문에, 살을 많이 뺀다 해도, 내 신진대사에는 별다른 변화가 없을 거라는 추론이 가능했다. 그럼 어찌해야 한단 말인가? 다시 살찌고 싶지 않다면, 평생 동안 다이어트를 해야 한단 소리 아닌가! 평생 동안 저녁 식사에는 찐 야채만 먹어야 한다고? 난 열여섯 살이고, 인간의 평균 수명은 76세이니, 내가 살 날은 장장 60년이나 남아 있고, 2만 2천 번도 넘는 식사를 해야 했다! 그동안에 계속 호박과 당근과 가지와 무만 먹고 살아야 하다니!

어느 금요일 아침, 난 엄마한테 체육 시간이 든 날은 아침을 적게 먹으면 너무 피곤하다는 얘기를 했다. 그 건의는 즉각 받아들여져서, 당장 그날부터 시작하여 월요일, 목요일, 금요일 아침에는 코코아와 빵을 다시 먹기로 했다. 그게 대수롭지 않은 일처럼 보일지 몰라도, 그렇게 함으로써 최소한 일주일에 세 번은 밤에 절망에 빠진 채로 잠들지 않을 수 있었다.

얼마 안 있어, 난 일요일에도 제대로 된 아침을 먹겠다고 했다. 일요일이니까……. 그러고 나니 화요일, 수요일, 토요일밖에 안 남았다. 얼마 더 지나면서부터는, 시리얼과 지방을 제거한 크림치즈도 깨끗이 포기해 버렸다.


체중을 매일 재 보지 말라고 한 의사의 충고도 충실히 받아들이기로 했다. 일주일에 두 번씩이면 대체로 충분했고, 얼마 후부터는, 그러니까 내가 시리얼을 안 먹기 시작한 때쯤부터는 월요일에만 재 보기로 했다. 어쨌건, 아빠 생일이 있던 주말 이후로 난 살이 하나도 안 빠졌다. 그렇다고 살이 도로 찐 것도 아니니, 그것만도 어디인가!

안 그래도, 우리 집 체중계가 사람을 짜증나게 만들던 터였다. 그 자그마한 흰색의 디지털 체중계는, 숫자가 왔다 갔다 하기 일쑤였다. 88.3도 됐다, 88.5도 됐다, 88.8도 됐다 하는 식으로. 난 왼발에 몸무게를 싣느냐, 오른발에 몸무게를 싣느냐에 따라 무게가 달라진다는 걸 곧 간파했다. 그러나 한쪽 발로 서 있어 봐도, 2주간의 다이어트 끝에 도달했던 몸무게 이하로는 내려가지 않았다.

월요일 아침마다 체중을 재는 건 내게 강박관념이 되었다. 악순환이었다. 살이 하나도 안 빠졌다는 걸 확인할 때마다, 또다시 시작될 한 주간의 다이어트가 날 더욱 짓눌렀다! 단 몇 킬로만 빠져도 노력을 해 보고 싶다는 의욕이 생길 텐데……. 더 이상 체중이 안 줄다 보니, 살을 빼서 또다시 용기를 되찾는 데 필요한 용기를 낼 수가 없었다! 웃기는 얘기였다.

2월에 접어들면서, 난 주중에만 다이어트를 하기로 했다. 또 잊어버리고 공책에 기록하지 않은 것들도 상당히 많았다. 2월 방학이 시작되기 전주의 월요일에 재 보니, 다시 1킬로그램이 늘어 있었다. 클레르가 감기에 걸려 학교에 오지 못한 것도 바로 그 주였다.

# 11

목요일 저녁, 부엌에서 브로콜리 삶는 냄새가 내 방까지 올라와
괴로워하고 있는데, 전화벨이 울렸다. 엄마가 날 불렀다.

"벵자멩! 전화 받아!"

클레르의 목소리는 금방 알아들을 수 있었다.

"안녕!"

"......"

"나 클레르야……. 벵?"

"응, 응……. 안녕!"

"잘 지내지?"

"응, 넌?"

"좀 나아졌어⋯⋯. 이제 괴로운 건 거의 다 지나간 것 같아. 요번 토요일이면 방학 시작이네!"

"넌 어디 놀러 가니?"

"응, 스키 타러. 그래서 더 이상은 아프면 안 돼! 넌?"

"다음 주에 떠나. 원래 2월 방학 때마다 할머니 댁에 가거든. 아빠랑⋯⋯."

"좋겠다⋯⋯."

"⋯⋯."

난 여자애한테 무슨 말을 해야 하는지 알 수가 없었다. 특히 그 여자애가 내 맘에 들 때는.

클레르가 다시 말했다.

"너한테 부탁할 게 좀 있어서⋯⋯."

"부탁? 말해 봐, 들어줄게!"

"무슨 부탁인지도 모르면서!"

클레르가 웃자 난 얼굴이 달아올랐다. 더구나 엄마까지 옆에 와서 의미심장한 눈길로 지켜보고 있는 통에 신경이 쓰였다.

"뭔데?"

내가 클레르에게 물었다.

"내가 이번 주에 수업을 빼먹었잖아. 소냐가 노트를 복사해 주겠다고 했거든. 그런데 걔네 집이 너무 멀어서 말야. 내 생각엔……."

"……."

"괜찮으면, 내 동생이 너희 집으로 가서 받아 왔으면 하고……."

"아냐, 아냐. 내가 내일 수업 끝나고 갖다줄게……."

겨우 대답을 했다.

"그럼 너무 고맙고. 괜히 나 때문에……."

"노 프라블럼(No problem)……."

"잘됐다. 그럼, 난 방학 동안에, 수업 빠진 거 보충할 수 있을 거야……."

"……."

"그럼 내일 보자!"

"그래, 내일 봐……."

클레르가 전화를 끊었는데도, 난 한참 동안 정신을 못 차리고, 삐삐 소리만 나는 전화기에 귀를 대고 있었다.

다음 날 오후 5시, 난 클레르네 아파트에 도착했다. 내 심장이 가슴을 두드리듯이, 빗줄기가 땅바닥을 세차게 후려치고 있었다.

엘리베이터 안에서, 난 머리를 단정히 하고, 젖은 옷도 매만졌다. 검은 진 바지를 입고 있었는데, 아무리 엉터리로 다이어트를 했어도, 한 달 전보다는 더 편안하게 느껴졌다. 난 불안해서 죽을 지경이었다. 결석한 같은 반 여자 친구에게 노트 하나 전해 주는 것뿐인데도 왜 그런 건지, 원.

6층에 이르렀을 때, 거울 속에 비친 내 모습은 정말이지 맘에 안 들었다. 뚱뚱해도 너무 뚱뚱했다. 평소보다도 더 뚱뚱해 보였다. 중요한 일이 있을 때면 늘 그랬다. 그 순간, 가슴이 쓰라릴 정도로 후회가 되었다. 오는 길에, 용기를 내느라 초콜릿 빵을 먹었던 것이다. 물론 그건 당연히 다이어트 일지엔 안 적겠지만.

아파트 문이 살며시 열렸고, 내가 다가가자, 클레르의 복제 인간 같은 어른이 나타났다.

"아…… 네가 바로 그 벵자멩이구나."

똑같은 머리카락, 똑같은 눈, 똑같은 몸매. 엄마와 딸이 어찌나 똑같던지, 난 '바로 그 벵자멩'이라는 말에 놀랄 겨를도 없었다. 그러나 그 말은 굉장한 뉴스였다. 내가 한 번도 가 본 적 없는 그 집에서, 이미 내 얘기를 한 적이 있었다는 것 아닌가. 그러니까 클레르가 내 얘기를 했다는 소리였다.

엄마 뒤에서 클레르가 나타났다. 걔는 흰 조깅복을 입고 양말만 신은 채로 함박웃음을 지으며 현관으로 나왔다.

"왔구나!"

난 아무 말 없이 미소를 지었고, 클레르의 엄마는 내 등 뒤로 문을 닫았다. 두 여자가 정확히 동시에, 머리카락을 쓸어 올렸다.

"어…… 소냐가 준 것 갖고 왔어."

내가 더듬거렸다.

"고마워."

"벵자멩, 뭐 좀 마실래?"

역시 엄마들은 먹는 것밖에 모른다. 난 대답을 하려고 했다.

"저……."

"콜라?"

"안 돼요!"

클레르가 나 대신 대답했다.

"벵자멩은 지금 아주 철저한 다이어트를 하고 있는 중이거든. 콜라는 절대 안 돼요!"

다른 누가 이런 식으로 간섭했다면, 죽이고 싶도록 미웠을 것이다. 그러나 클레르가 그런 소릴 하니, 걔가 날 걱정해 주고 있다는 증거로 들려 기분이 황홀했다. 갑자기, 다이어트를 철저히 하지 못하고 있는 나 자신이 너무나 한심하게 느껴졌다.

"아, 그래. 알았다."

클레르 엄마가 대답했다.

"내 방으로 가자!"

나는 아줌마에게 웃어 보이고 클레르를 따라갔다.

창피한 얘기지만, 클레르의 방은 내가 최초로 들어가 본 여자애 방이었다. 물론 사촌 마리의 방에 들어가 보긴 했지만, 걔 가족이니까 경우가 다르고. 사실 클레르 방에 처음 들어갔을 때, 난 좀 실망했다. 얼핏 보기에, 남자애들 방과 다를 게 전혀 없어 보였던 것이다. 여자애들을 좀 더 잘 이해할 수 있게 해 주는 것 같은 건 아무것도 안 보였다. 침대 위에는 영화 「타이타닉」 포스터가 커다랗게 붙어 있었다. 그 영화가 개봉됐을 때, 우리 반 남자애들 모두가 그랬지만, 나 역시도 괜히 싫어하는 척했었다. 먼지 낀 인형들이 놓인 진열장, 책들(이 점은 내 방과 다른 점이었다), 시디들, 작은 오디오 그리고 컴퓨터……

"너 인터넷 하니?"

할 말이라곤 그것밖에 없어서 내가 물었다.

"아니. 전화선으로 하는 건 너무 비싸서. 이제 곧 인터넷 전용선을 깔 거야……."

"좋겠다……."

그 순간이야말로 똑똑하고 재미있고 기발하게 보일 수 있는 절호의 찬스였지만, 왜 그렇게 할 말이 생각나질 않는 건지. 하는 수 없이 난 공책을 내밀었다.

"자!"

"아, 그래. 고마워."

난 미소를 지었다. 아마 바보같이 보였을 것이다.

"앉아!"

클레르가 침대를 가리키며 말했다.

클레르는 자기 책상 의자에 앉았다. 클레르의 방은 내 방보다 더 넓고, 더 밝고, 걔의 개성도 어느 정도 드러나 있었다. 클레르는 직접 자기 방을 꾸몄을 것이다. 그건 전형적인 남자인 내 머릿속에선 절대로 일어나지 않는 발상이다.

내 방에서 유일하게 나를 드러내 주는 것이라면, 롤렝제르가 운영하는 음식점 주방에서 그와 함께 찍은 사진을 들 수 있었다. 내 생애 최고의 식사를 한 그날은, 잊을 수 없는 추억으로 남아 있다. 올리비에 롤렝제르는 프랑스 최고의 요리사들 중 한 명이고, 세계적으로도 위대한 요리사로 인정 받고 있다. 그는 디나르 근처 캉칼르에 자기 음식점을 갖고 있다.

아빠가 떠나간 그해, 내 생일날, 엄만 날 거기에 데리고 갔다. 거기 가 보는 건, 원래 아빠와 함께 살던 때부터 우리 세 식구가 세워 놨던 계획들 중의 하나였다. 그러나 너무 비싼 곳이라서, 더 좋은 기회가 오면 갈 거라고 계속 미루고만 있던 터였다. 그해 여름, 엄마는 우리 둘이 즐길 만한, 충분히 중요한 기회가 왔다고 생각했던 것 같다.

내가 내 음식점을 열겠다고 작정한 것도, 바로 거기 갔던 날부터였다. 내 음식점도 롤렝제르의 음식점처럼 아름다웠으면 좋겠다. 그곳처럼 조용하고 쾌적하고, 또 맛있었으면 좋겠다. 그 점심 식사는 내가 받아 본 생일 선물들 중 최고였다. 엄마와 난 정말 멋진 시간을 보냈다. 처음으로 우리 둘이서만 살기 시작했던 그해 여름 동안, 그런 순간은 정말로 드물었다.

"방학 땐 어디로 가니?"

클레르의 물음에, 난 추억에서 깨어났다.

"베리 촌구석."

"난 또 브르타뉴로 가는 줄 알았지."

"거긴 여름에만 가…….."

클레르는 머리를 끄덕였고 우린 더 이상 아무 말도 안 했다. 방 안의 공기가 금세 마법에 휩싸인 듯했다. 내 가슴속에선 심장이 부풀어 오르고, 전신에 소름이 돋았다. 우린 서로의 눈만 들여다보고 있었을 뿐, 더 이상 말이 필요 없어 보였다. 우리 사이에선 뭔가가 일어나고 있었다. 내 인생에서 가장 중요한 일일지도 모를 그 뭔가가.

클레르가 머리카락을 쓸어 올리는 순간, 그 황홀경도 끝이 났다. 우리는 좀 어색해하며 미소를 지었다.

30분 후, 난 얼이 빠진 채로 집에 도착했다. 무슨 길로 왔는지, 무슨 길을 건넜는지도 모른 채 꼭두각시처럼 걸어왔다.

"쫄딱 젖었잖아!"

엄마가 소리쳤다.

"옷에 모자가 달렸는데도, 왜 안 썼어?"

"어? 뭐요? 무슨 모자?"

# 12

생전 처음으로, 방학이 되어도 즐겁지가 않았다. 학교에 2주 동안이나 안 간다는 건 여전히 좋은 일이었지만, 클레르는 해발 고도 2,500미터도 넘는 알프스에 있었고, 나는 지대가 낮은 베리에 틀어박혀 있었으니.

클레르네 집에서 한참 동안 서로 눈길을 나눴던 것, 그걸 어떻게 해석해야 할지 갈피를 잡을 수가 없었다. 내가 꿈을 꿨던 걸까? 내가 영화를 찍었던 걸까? 아니면 정말로 걔와 나 사이에 무슨 일이 일어났던 걸까? 아무튼, 나와 클레르 사이에 뭔가가 일어났던 것만은 틀림없었고, 그 이후로 클레르는 밤이건 낮이건 매순간 내 정신을 사로잡고 있었다.

할머니 댁에서 늘 신나는 방학을 보내 왔건만, 이번엔 왠지 할머니 댁이 작고 초라해 보였다. 난 클레르가 스키 타는 모습을 상상해 보았다. 혹은 저녁때, 화려하게 불 밝힌 식당에서, 클레르가 산 공기에 검게 그을린 스키 코치들과 함께 라클레트*를 먹고 있는 모습을 그려 보기도 했다. 그러노라면 베리 촌구석의 진흙길 위에 서 있는 나 자신이 초라하게 느껴졌다.

아빠와 소피 아줌마와 함께 시간을 보내는 것에 만족하고 있으면서도, 하루하루가 길고 우울했다. 특히, 먹는 문제가 여간 부담스러운 게 아니었다. 자기가 좋아하는 걸 하나도 못 먹고 견디려면, 우선 마음이 편안하고 걱정이 없어야 한다는 걸 깨달았다. 또 한 가지 문제는, 방학이 되자마자, 그나마 남아 있던 의지마저 깨뜨릴 만큼 커다란 장애가 나타났다는 것이었다. 그건 바로 할머니였다.

일흔일곱 살 되신 할머니는, 그 기나긴 세월 동안, 식구들이 식탁에 둘러앉은 걸 보는 걸 가장 큰 낙으로 알고 살아온 분이었다. 뛰어난 요리사인 할머니는 자신은 거의 먹는 게 없으면서도, 다른 사람들을 먹이지 못해 안달이었다. 식구들이 자신의 요리 덕에 즐거워하는 걸 볼 때면 할머니는 너무 행복해서 눈에서 빛이 날 정

---

* 치즈를 즉석에서 녹여 먹는 요리

도였다. 우리 입장에서도, 할머니의 요리를 먹어 주면서 할머니를 기쁘게 해 드리는 건 즐거운 일이었다.

할머니에겐 '너무 많이 먹는다'라는 건 생각할 수도 없는 개념이었다. 그리고 무슨 요리를 하든, 푸짐했다. 스테이크를 구웠다 하면 400그램 이하로는 절대 안 됐고, 전설적인 '송아지 고기 블랑케트'*도 소스가 얼마나 진한지, 접시를 비우자면 바게트 빵 반 개는 족히 필요했다. 식탁엔 네 명밖에 안 앉아도, 레몬 파이는 8인분씩 되었다. 할머니의 주특기인 '페카순느(정확한 철자는 모르겠다!)', 그 오믈렛처럼 두꺼운 크레이프도, 둘이 먹다가 하나가 죽어도 모를 정도였다.

할머니 댁에 도착하여 아빠가 내 다이어트 얘기를 하자, 할머니는 화를 냈다.

할머니도 처음 이틀간은 그나마 잘 참아 주었다. 내가 조금 먹으려고 애쓰는 모습을 싸늘한 눈길로 바라보면서. 사실 휴가 동안엔 집에서보다 훨씬 느슨하게 했는데도 말이다. 마침내, 사흘째 되던 날, 점심때, 할머니는 커다란 주물 냄비를 들고 왔다. 난 금방 그 냄새를 알아챘다. 내게 행복을 상징하는 냄새. 바로 할머니의 송아지 고기 블랑케트였다.

---

* 고기를 흰 소스로 졸인 스튜 요리

"가만있자, 얘가 이걸 꼭 먹어야 하는데……. 지금이 한창 성장기잖니!"

할머니는 아빠 눈치를 보면서 말했다.

어쨌든, 내게 할머니의 블랑케트를 못 먹게 한다면, 그건 너무 비인간적이다……. 불가능한 일이기도 했고.

"좋은 것들만 잔뜩 넣었으니, 몸에 나쁘진 않을 거다!"

할머니는 우리가 도착한 이후 처음으로 마음이 누그러져서 이렇게 덧붙였다.

그 이후로는, 수난기였다……. 다이어트에 있어서 말이다. 유혹을 뿌리치려고 아무리 애를 써도, 아니 솔직히, 애쓰는 척해도 할머니를 이길 수는 없었다.

토요일엔 알랭 삼촌이 오기로 되어 있었다. 식구들을 모두 데리고 점심때 와서 우리와 함께 이틀 동안 머물다 가겠다고 했다. 할머니는 아침 8시부터 부엌을 떠나지 못했다.

"야, 너 비쩍 말랐구나!"

삼촌이 날 보고 소리쳤다.

난 아무 대답도 안 했다. 내가 다이어트 중이라는 걸 아는 삼촌이 날 기쁘게 해 주려고 그런 소릴 했다는 걸 잘 알고 있었기 때문이다. 사실, 내 몸매는 달라질 새도 없었다. 특히 할머니 댁에 있으면서부터는.

"계속 잘해 봐!"

"애는 쓰는데, 쉽지 않네요……. 특히 여기서는요!"

내가 하늘을 올려다보며 대답했다.

삼촌이 날 보고 미소를 지었다. 내가 무슨 소릴 하는 건지 잘 알고 있었던 것이다. 할머니는 내 할머니이기 전에 삼촌의 엄마였으니까!

삼촌 역시, 조금도 마른 것 같지 않았다. 게다가 할머니가 식탁에 음식을 올려놓는 족족 다 먹어 치우는 걸 보니, 삼촌도 살 빼긴 글렀다 싶었다. 삼촌 역시 나와 마찬가지로, 먹는 걸 도피이자 즐거움으로 여기고 있었다. 삼촌이 먹는 걸 보면서, 난 우리 집안에선 먹는다는 게 얼마나 신성한 일이었던가를 새삼 돌이켜보게 되었다. 무슨 일만 있다 하면 우린 식탁에 둘러앉았다. 생일, 방학, 시험 잘 봤을 때, 축제 때 혹은 그냥 누가 왔을 때도. 우린 어느 때건 간에, 우선 잘 차려 먹고 보았다.

삼촌이 포토푀*를 세 그릇째 받아 먹고 있을 때, 할머니는 사랑이 넘치는 그윽한 눈길로 삼촌을 바라보고 있었다. 나는 나대로, 1월 한 달간의 노력을 완전히 망가뜨리지 않으려고 애쓰고 있었다. 게다가 5주간의 다이어트를 거치면서 나도 이미 엄청나게 많

* 소고기와 채소를 넣은 수프

이 먹는 습관에선 벗어난 터라, 더 이상 숨을 쉴 수도 없을 만큼 배가 불렀다.

"좀 더 먹어라, 벵자멩!"

할머니가 말했다.

"더 이상 못 먹겠어요……."

"뭘 먹었다고 그래! 자, 그 망할 놈의 다이어트는 잊어버려. 지금은 방학이잖니!"

"가만 좀 놔두세요."

갑자기 삼촌이 끼어들었다. 그 단호한 어조에 모두들 놀랐다.

분위기가 냉랭해졌다. 그 순간엔 삼촌도 우리 모두가 알고 있는 그 마음 좋은 호인이 아니었다.

"편안하게 다이어트하게 좀 놔두시면 안 돼요? 안 그래도 지금 많이 힘들 텐데! 특히 우리 집 같은 데서 말이에요!"

"알랭! 그렇지만……."

"엄마가 원하시는 게 뭔데요? 쟤도 나처럼 되길 바라시는 거예요? 그거예요? 집안에 뚱보가 하나 있는 걸로는 성에 안 차세요?"

"아니, 얘…… 넌 지금도 보기 좋아……."

"엄마는 지금 제 상태가 편안할지 어떨지 생각해 보신 적 있어요?"

숙모가 삼촌의 팔에 손을 얹으며 진정하라고 달랬지만, 삼촌은 곧 그 손을 뿌리쳤다.

"알랭, 네가 뭐 어떻다고 그러니? 넌 그냥……."

"건강하다고요? 그 말씀이지요?"

'건강하다'는 건 누군가가 뚱뚱하다는 걸 표현할 때, 할머니가 늘 쓰는 말이었다. 가끔씩, 할머니는 뚱뚱한 사람을 보면 '잘났다' 고도 했다. 예를 들어, 난 사진에서밖엔 못 봤지만, 우리 할아버지 도 '잘났었다'.

"엄마, 아주 최근의 예를 하나 들까요. 바로 사흘 전 얘긴데 요……."

"여보, 그만해."

숙모가 말리느라 애썼다.

그러나 삼촌은 입을 다물 뜻이 없어 보였다.

"저희가 요즘 집을 한 채 사려고 하는 것, 엄마도 아시죠?"

삼촌이 물었다.

"어…… 그래!"

"적당한 집을 하나 발견했거든요. 조건이 완벽했죠. 집도 예쁘 고, 직장에서 그리 멀지도 않고, 애들 학교와도 붙어 있고……."

숙모는 한숨을 쉬며 접시만 내려다보고 있었다. 삼촌이 계속했 다.

"집값이 너무 비싸서 은행에 대출 신청을 했어요. 제가 20년 동안이나 거래해 온 은행이에요. 오늘 대답을 들었는데요, 안 된대요. 대출을 거절당했어요……. 뭣 때문인지 아세요?"

할머니가 알 리 없었다. 우리도 몰랐다. 다만 아빠만이, 동생이 무슨 소릴 하려는지 알겠다는 듯 물끄러미 보고 있을 뿐이었다.

"대출 신청을 하려면, 복잡한 신청 서류들을 작성해야 하거든요. 거기엔 건강에 관련된 항목도 포함되어 있고요……. 그런데 제겐 돈을 빌려줄 수 없다는 거예요. 너무 뚱뚱해서요."

잠시 침묵이 흘렀다. 그러고 나서 삼촌은 다소 누그러진 목소리로 말을 이었다.

"그 사람들이 보기엔, 난 건강하지 못한 사람이에요. 뚱뚱하기 때문에요. 아시겠어요? 아픈 사람한테는 돈을 안 꿔 준다고요. 돈을 다 갚지도 못하고 죽을까 봐……. 암, 당뇨, 에이즈…… 그리고 비만도 거기 끼어 있어요……."

"나쁜 놈들."

소피 아줌마가 말했다.

할머니 눈에 눈물이 글썽이고 있었다. 삼촌의 눈에도 역시.

나머지 식사가 엉망이 되어 버렸다는 건 말할 필요도 없을 것이다.


일요일 오후, 삼촌이 떠나려 할 때였다. 삼촌은 그사이 할머니와 화해를 했다. 떠나면서 삼촌은 나를 품에 안고 말했다.

"잘해 봐. 그럴 만한 가치가 있어……. 그만두고 싶어질 때마다, 이건 단지 먹는 것일 뿐이다, 몇 초간의 즐거움일 뿐이다, 라고 생각해……. 네 나이엔 살이 쉽게 빠지지만, 나중엔 그게 안 돼."

그러자 벌써 의지가 약해져 있었다는 게 새삼 부끄러워졌다. 특히, 다음 날 오후 늦게, 뒤보스크 박사를 두 번째 만나기로 했다는 게 생각났다.

집에 돌아와서 저녁때가 되었을 때, 난, 할머니 댁에서 너무 많이 먹어서 배가 안 고프다고 말했다. 엄마도 더 이상 먹으라고 하지 않았다(내 말이 그럴듯했으니까!). 잠자리에 들면서 난, 한 끼를 건너뛰었으니, 방학 첫 주 내내 저질렀던 모든 잘못들을 회복할 수 있을 거라고 기대했다. 벵, 잘해 보자!

# 13

뒤보스크 박사의 진료실에 있는 근사한 디자인의 체중계는 1월 초와 정확히 똑같은 무게를 가리키고 있었다. 그 모든 게 헛수고였다니! 지긋지긋한 찬 음식과 삶은 채소, 먹지 않았던 모든 감자튀김, 먹지 못한 스테이크, 햄버거, 케이크, 마시지 못한 콜라, 그 모든 게 아무 소용도 없이 결국은 출발점으로 되돌아온 것이다. 난 내 다이어트 일지를 뒤적이고 있던 의사와 마주 앉았다. 잠시 후, 의사가 얼굴을 들며 한숨을 쉬었다.

"정말로 여기 씌어 있는 대로만 먹었다면, 체중이 줄었어야 하는데."

얼굴이 화끈 달아올랐다. 당황스럽기도 했고, 화가 나기도 했다. 거짓으로 기록했다고 비난당한다는 게 자존심 상했다…… 설사 그게 사실이라 해도 말이다. 나도 의사가 그걸 못 알아챌 거라고는 기대하지 않았다! 그러나 어떡하겠는가? 송아지 블랑케트, 포토푀, 레몬 파이, 오후에 간식으로 먹은 마들렌느 같은 것까지 다 적어야 했다고? 그건 다이어트 일지이지, 미식가의 식사 일지가 아닌걸!

변명을 해 보려 했지만, 할 말이 없었다.

"네가 생각해도 그렇지!"

의사가 기막히다는 듯이 말했다.

그는 실망해서 얼굴을 찌푸리고 있었다. 마치 내가 자기 믿음을 배신하기라도 한 것처럼. 난 그런 상황이 싫었다. 잘못했다고 욕먹는 걸 참을 수가 없었다. 난 마치, 잘못을 저질러 놓고도 어른 앞에서 꼼짝도 못 하고 있어야 하는 처지를 억울해하는 어린아이 같았다. 난 열여섯 살이었다. 그런 유치한 상황이 내게 더 이상은 닥치지 않기를 간절히 바랐다.

"뱅, 너도 알겠지만…… 이 식이요법은 널 재미로 괴롭히려고 시켰던 게 아니야! 이건 너 자신을 위한 거야. 건강, 행복……. 과체중은 심각한 문제야! 치료해야 할 병으로 인정해야 해!"

난 아무 대답도 안 했다. 워낙 심통이 난지라 의사의 말이 모두 다 삐딱하게만 들렸다.

"좋아, 그렇더라도 치료는 하자. 하지만 벵자멩, 또다시 집에서 아무렇게나 먹으면, 이것도 별 소용이 없을 거다!"

의사는 일어섰고, 난 침을 맞기 위해 누웠다.

"엄마 돈을 그렇게 보람도 없이 내버린다는 게 아깝지도 않니!"

그건 좀 심한 말이었다. 난 다신 그곳에 발을 들이지 않으리라 맹세했다. 자기가 뭔데 우리 엄마의 돈 타령을 하는 거지? 환자의 경제 상태가 그렇게 걱정된다면, 매번 올 때마다 400프랑씩이나 받지 않으면 될 것 아닌가!

난 의례적으로 주고받는 말도 안 했다. 그냥 진료비만 던져 놓고는, 인사도 없이 병원을 나왔다.


"그래, 의사가 뭐라던?"

저녁 먹을 때가 다 돼서 집에 돌아온 내게 엄마가 물었다.

"아무 말도 안 했어요. 돌팔이 같은 자식!"

내 말투가 얼마나 살벌했던지, 엄마도 뭐라고 대꾸할 엄두를 못 냈다. 평소엔 내가 함부로 말하는 걸 못 참는 엄마인데 말이다. 난 곧장 부엌으로 가서, 국수 삶을 물을 얹었다. 엄마는 날 바라보고만 있을 뿐, 아무 말도 안 했다. 고마운 일이었다. 그때 난 눈물이 나올 뻔했으니까. 엄마는 내 머리카락을 한 번 쓰다듬어 주고는, 저녁때 쓰려고 사 왔던 파를 냉장고에 넣어 버렸다.

다음 날 아침, 에릭에게서 전화가 와, 오후에 만나기로 했다. 난 텔레비전 앞에서 좀 어슬렁거리기도 하고, 라라 크로프트*에게 훈련도 좀 시키고 하다가, 10시에 우편물을 가지러 나갔다. 엄마에게 날아온 고지서들, 광고지들 외에 내게 온 파란 봉투도 하나 있었다. 난 편지란 걸 도대체 받아 본 적이 없었다. 생일 때, 아빠와 소피 아줌마, 할머니, 알랭 삼촌 그리고 대모로부터 오는 것 말고는. 이번엔 그런 게 아닌 것 같았다. 난 궁금해하며 봉투를 열어 보았다. 그 안에는 눈 덮인 알프스의 사진이 담긴 엽서가 들어 있었다.

안녕, 뱅

여긴 진짜 멋져. 너무나 아름다운 눈 위에서 난 아침부터 저녁까지 스키를 탄단다. 하지만, 널 잊진 않았다는 거 알고 있겠지! 지난번에 네가 우리 집에 와 줬던 것에 대해 어떻게 생각해야 할지 모르겠어. 아니, 너무 잘 알고 있는 건지도 모르겠다…… 우리 둘 사이에 무슨 일이 일어나고 있는 걸까?

잘 지내,

---

* 비디오 게임 「툼 레이더」의 여주인공.

클레르

난 오전 내내 편지를 손에 쥔 채로 침대에 누워 있었다. 지구 주위의 궤도를 돌고 있는 우주인이 된 것만 같았다. 몸무게야 93킬로그램도 더 나가건 말건 간에, 내 몸이 그때처럼 가볍게 느껴진 적도 없었다. 난 클레르가 쓴 문구를 읽고 또 읽으며 온갖 의미를 다 갖다 붙였다. 엽서도 색이 다 바래 버릴 정도로 들여다보았다.

오후 1시, 초인종이 울렸을 때, 난 소스라치게 놀랐다. 꿈에서 갑자기 깨어난 것 같았다. 그러나 꿈을 꾼 건 아니었다. 클레르의 엽서가 분명히 있었다. 내 가슴 위에. 나도 모르는 새, 세 시간이나 흘러간 것이었다. 어느새 방이 더 환해져 있었고, 햇빛이 마룻바닥까지 들어와 있었다. 초인종이 두 번째 울렸을 때, 난 침대에서 일어났다. 에릭이었다.

"자식! 귀먹었냐?"

오전 내내 아무것도 먹은 게 없었기 때문에 우린 햄버거 집부터 들렀다. 에릭은 영화를 보러 가고 싶었을지 모르지만, 난 그럴 마음이 없었다. 걔는 또 혹시나 해서 수영복까지 챙겨 왔지만, 난 수영장엔 가고 싶은 마음이 없었다. 길거리를 좀 쏘다니다 보니, 에

107

릭이 어느새 지겨워했다.

"우리 공원 갈래?"

내가 제안했다.

"공원? 너, 어디 아프냐?"

우리 집에서 멀지 않은 곳에 널따란 공원이 있었다. 연못, 풀밭 그리고 가로수길. 그곳은 아이들을 데리고 나온 엄마들이나 노인들로 늘 가득 차 있었다. 어느새 봄이 오려는지, 화창한 하늘에 따스하기까지 했다. 에릭은 내 옆에서 발을 질질 끌고 오며 심술이 나는지 돌멩이들을 걷어찼다.

나? 난 기분이 상쾌했다. 내게 뭔가 마술 같은 힘이 생겨난 것 같았다. 안 보이던 것들이 보이기 시작했고, 못 느꼈던 것들도 느껴지기 시작했다. 나무 꼭대기를 살살 흔들어 대는 미풍, 보이지 않는 새가 날개를 퍼덕이는 소리, 나뭇가지들 사이로 어리는 빛과 그림자, 잠든 아기를 어르고 있는 엄마의 속삭임, 햇빛 속을 날아다니는 봄의 첫 하루살이들, 연못에 비치는 구름 그림자, 가로수길 포석 위의 내 발자국 소리. 난 울적하면서도 또 행복했다. 미처 몰랐던 세상의 아름다움 때문에 눈가에 눈물이 맺혔다. 세상을 좀 알 것 같다는 느낌, 수백만 년 전부터 세상을 은밀히 움직여 왔던 비밀을 간파한 듯한 느낌 때문에 가슴이 벅찼다.

"되게 할 일 없네!"

난 에릭을 보며 미소를 지었다. 그 무식하고 거친 말버릇까지도 너그럽게 받아들여졌다.

"야, 너 왜 그렇게 정신 나간 얼굴을 하고 있냐?"

집에 돌아와서, 난 에릭에게 클레르의 엽서를 보여 주었다.

"와, 끝내주네. 인제 걔 네 거다!"

그 말, 아무 때나 거리낌 없이 쓰던 그 말이, 클레르에게 해당된다고 생각하니 갑자기 참을 수 없을 만큼 상스럽게 들렸다. 난 클레르와 나 사이에 대해 훨씬 더 고귀한 열망을 갖고 있었다. 둘이서 손을 잡고 거니는 꿈을 꿨다. 달콤한 입맞춤과 그윽한 눈길. 내 손으로 클레르의 머리카락을 귀 뒤로 넘겨 주는 장면도 그려 봤다. 그리고 나선…… 클레르의 티셔츠 밑으로 손을 집어넣어, 부드럽고 따스한 살을 만져 보고, 결국엔 손길을 더 뻗쳐……. 오! 가슴이 터지는 듯해 하마터면 비명을 지를 뻔했다. 내 앞에 이토록 새로운 세상이 펼쳐지다니.

"이 몸은 가 보셔야겠다! 기차 시간이 20분밖에 안 남았거든……."

에릭은 뿌루퉁한 채로 가 버렸다. 난 에릭의 가장 가까운 친구였다. 아마 걔는 클레르에게, 그리고 내게도 약간은 질투를 느꼈을 것이다.

# 14

월요일 아침, 교문 앞에 이르자 다리가 후들후들 떨렸다. 클레르는 소냐 그리고 또 다른 친구 아멜리와 얘기를 하고 있었다. 클레르의 얼굴은 까맣게 탔고, 스키 안경을 꼈던 자리만 좀 하얬다. 그건 겨울 휴가를 즐겼다는 표시였다. 방학 전보다도 더 예뻐진 클레르는, 내가 다가가는 걸 보더니 미소를 지었다. 그러나 그건 내가 기대했던 미소가 아니었다. 다른 애들도 있어서인지 몰라도, 억지로 지어낸 듯한 다소 거북한 미소였다. 그걸 어떻게 해석해야 할지 알 수가 없었다. 여긴 학교다. 우리 주위엔 수백 명의 학생들이 있다. 그러니 서로의 품으로 뛰어가 안긴다거나 하는 건 힘들 것이다! 하지만 공공연하게 포옹하는 애들도 많았고, 다른 애들이 어떻게 생각할지는 신경도 안 쓰고, 진한 키스를 끝도 없이 나누는 애들도 있었다……. 클레르와 나, 우리는 아무 사이도 아닌 척 했다. 누구나 다 하듯, 양쪽 뺨에 가볍게 입을 대며 인사를 나눴을 뿐이다. 그러고는 역시 의례적으로, 아주 신나는 방학을 보냈다는 뻔한 안부를 나눴을 뿐이다.

오전 수업 시간 내내, 선생님의 강의는 단 한 마디도 귀에 들어오지 않았다. 내 심장 박동 소리가 선생님들의 목소리를 덮어 버리기라도 한 것 같았다. 선생님의 말소리가 앞쪽에서 들려오든 뒤쪽에서 들려오든 상관없이, 난 계속해서 30초마다 클레르 쪽을 바라보지 않을 수 없었다. 한두 번인가는 걔와 언뜻 눈이 마주친 적도 있었다. 그러나 너무 순간적이어서, 내 눈길이 말하려는 것에 대한 응답을 발견할 순 없었다. 결국 오전 중엔 클레르와 둘이서만 있을 기회를 잡지 못했다. 식당에서도 에릭은 제쳐 두고, 클레르의 바로 앞에 자릴 잡긴 했지만, 반 애들끼리의 일상적인 대화에서 나누는 것 이상의 얘기는 하지 못했다.

그날은 생물 수업이 없어서 4시에 학교를 나섰다. 오후에 접어들면서, 내 머릿속엔 다시금 의심이 자리 잡기 시작했다. 만일 클레르도 나만큼 둘이서 얘길 하길 원했다면, 단 몇 분간이라도 친구들에게서 떨어져 나올 수 있었을 텐데……. 걔는 나와 공식적인

111

커플이 되길 꺼려하는구나. 뚱보랑 데이트하는 게 창피한가 보구나. 그러나 걔가 엽서에 썼던 말들, 한 마디 한 마디 내 가슴속에 새겨진 그 말들을 곱씹어 보면 그런 건 아닌 것 같았다.

난 걔가 버스에서 날 만나길 기대하고 있을 거라고 결론을 내렸다. 그러나 정류장 가까이에 가 보니, 평소에는 다른 버스를 타고 가던 소냐가 클레르의 뒤를 따라 버스에 오르고 있었다. 클레르가 나와 둘이서만 있게 되는 걸 피하려고, 소냐에게 같이 가자고 부탁한 건 아닐까?

나는 걔네들 옆에 앉으면서, 어떻게 하면 소냐를 떼어 버릴 수 있을까만 궁리했다. 신경이 곤두서는 것을 억지로 감추며 10여 분을 보낸 뒤에, 우리 셋은 모두 같은 정류장에서 내렸다. 클레르는 소냐와 함께 자기 집 쪽으로 가며, 내게 "안녕" 하고 인사를 건넸다.

난 너무 기가 막혀, 한참 동안 거기 그대로 서 있었다. 여자애들이란 정말 알 수 없는 존재였다. 내가 엉뚱한 꿈을 꾸고 있는 건 아니지 않은가! 먼저 편지를 보낸 건 클레르였다! 내가 아니라!

난 빵 재료를 듬뿍 사 가지고 집에 돌아와서, 케이크를 만들며 끝없이 질문을 던졌다. 그러나 아무런 해답도 나오지 않았다.


내 방에 들어오자, 스트레스가 어찌나 쌓이는지, 뭔가 결단을 내리긴 해야겠다는 생각이 들었다. 어떤 방법을 쓰든, 클레르의 반응이 두려워 가만히 있기만 하는 것보다는 그래도 나을 것 같았다. 난 전화를 걸러 내려갔다. 클레르의 번호를 눌렀다. 전화벨이 두 번 울린 순간, 수화기를 내려놓았다. 가슴이 터질 것 같아서였다. 마음을 진정시키려고 부엌을 서성이며, 전날 먹다 남은 닭다리 하나를 뜯었다. 그리고 재다이얼 버튼을 눌렀다. 이번엔 처음보다 오래 기다렸지만, 클레르 엄마의 목소리가 들리자마자 또 끊어 버렸다. 그 바람에, 남아 있던 닭 가슴살까지 모조리 먹어 치웠다.

내 방에 다시 올라왔을 때, 난 괴로워 미칠 것 같았다. 클레르한테 꼭 얘길 하긴 해야 했지만, 그러기엔 너무나도 겁이 났다. 내가 무슨 소릴 하는 건지 모르겠다고, 걔가 우리 사이에는 아무 일도 없는 거라고 대답한다면, 난 그 자리에서 당장 죽어 버릴 것만 같았다. 그러나 그럴 리는 없었다! 난 분명히 엽서를 받았고, 제대로 이해하기 위해 백 번도 더 읽고 또 읽었으니까.

문득 기발한 아이디어가 떠올랐다. 난 엄마의 편지지를 꺼내 들고 책상에 앉았다.

클레르에게,

클레르,

내 친구 클레르에게,

내 사랑,

클레르,


오늘 우리 둘이서만 얘기할 기회가 없었기 때문에... 네가 나랑 얘기하고 싶어 하지 않았기 때문에... 우리끼린 1분도 있지 못했기 때문에...... 편지로 얘기하기로 했어... 내 감정을 네게 써 보내고 싶구나... 도저히 못 참겠다. 네 편지를 받고 기뻤어... 네 편지를 받고 감동했어... 사랑해...... 널 사랑하는 것 같아... 널 사랑하고 영원히 사랑할 거야... 널 사랑한다고 말해도 되겠지... 너도 나와 같은 감정인지 모르겠지만... 네 편지를 받긴 했지만 난 아무래도......


한 시간이나 들여, 겨우 그럴듯한 편지 한 통을 완성했다. 엄마 말마따나, 발가락으로 갈겨쓴 것처럼 글씨는 엉망진창이었지만. 게다가 셰익스피어의 명문장도 아니었다. 그런데도 모로 선생님에게 두 시간씩 시달리고 난 뒤처럼 지치고 지쳐, 다시 시작할 엄두는 나지 않았다.


클레르

오늘 너와 둘이서만 얘기할 기회가 없었기 때문에, 이 편지로라도 내 마음을 알려 주고 싶어. 네 엽서를 받고 얼마나 기뻤는지 몰라. 그때부터 난 네 생각밖엔 안 해. 우리 사이에 무슨 일이 일어나고 있는 거냐고 물었지? 난 알고 있어, 클레르, 사랑한다. 너도 나와 똑같은 감정을 느끼고 있는지 확신할 순 없지만, 기대할 수는 있겠지... 네 편지와 네 눈길을 볼 때... 사랑한다, 사랑한다, 사랑한다...

따스한 키스를 보내며,

뱅

편지를 봉투에 접어 넣는 내 손이 떨리고 있었다. 난 엄마의 비상금에서 300프랑을 꺼내 밖으로 뛰쳐나갔다. 꽃 가게 주인은 내가 그날 저녁 당장 배달해 달라고 하자, 기막혀했다. 벌써 6시 30분이나 되었던 것이다. 난 빨간 장미를 250프랑어치 골랐고, 50프랑은 배달비로 냈다. 꽃다발이 생각만큼 크진 않았다.

난 일부러 단골 꽃집으로 안 갔다. 그 집 주인은 엄마와 잘 아는 사이여서, 내가 왔다 갔다고 금방 일러바칠 게 뻔했기 때문이다. 난 클레르네 집 주소를 받아 적는 꽃 장수에게, '플레 양'이라고 강

조했다. 그래야 클레르네 엄마가, 자기한테 온 걸로 오해하지 않을 테니까. 꽃 장수가 날 비웃듯이 쳐다봐서 낯이 뜨거웠다. 편지를 꽃다발에 붙이는 걸 확인하고서, 난 밖으로 나왔다.

길에 나오자마자, 갑자기 가슴이 천근만근 무거워지며 방금 한 짓이 후회됐다. 엉뚱하고 바보 같은 짓이었다. 꽃다발에 사랑 편지라니! 차라리 걔 방 창문 아래에서 땅바닥에 무릎을 꿇고 세레나데를 부르는 편이 낫지 않았을까? 난 가게에 다시 들어갈까도 했으나 용기가 안 났다. 꽃 가게 주인은 막 문을 닫고 있었다. 내 꽃다발과 내 '사형 선고'를 배달하러 갈 참인 듯했다.

클레르는 소녀 패거리들과 함께 배꼽을 잡을지도 모른다. 그러면 난 다신 걔 앞에 나타날 수도 없을 것이다. 그 생각이 들자, 먹은 게 다 올라올 것만 같았다.

집에 돌아가 보니, 엄마가 퇴근해 있었다. 엄마는 내 이마에 손을 얹어 보았다. 그 정도로 내 얼굴이 보기 딱했던 것이다.

"어디 아프니? 열이 있는 것 같은데."

"아니, 아니, 됐어요……."

"너 저녁때 뭐 먹고 싶니?"

"아무거나 줘. 야채만 말고!"

엄마는 냉동된 키슈 로렌\*을 녹여 주었다. 내가 만든 것보다 훨씬 맛이 없었다. 난 다이어트를 시작한 이후로는 부엌에 발을 들여놓지 않고 있었다.

전화벨이 울렸을 때, 난 숨이 멎는 줄 알았다. 엄마가 수화기를 든 순간에는, 머리통을 전자레인지 속으로 처박고 싶어졌다. 그러나 전화를 한 건 엄마 친구 이자벨 아줌마였다. 최근에 만난 '끄을~내주는' 남자와의 데이트 얘기를 들려주기 위해서였다. 아줌마의 남편은 4년 전에 젊은 여자를 만나 떠났다(그게 40대 남자들에게 아주 유행인 놀이인가 보다). 그 이후로, 아줌마가 금요일마다 만난 멋진 남자들은 일요일이면 모두 다 천하에 몹쓸 놈이 되어 있었다. 내가 볼 때, 사실 아줌마는 참 불행한 사람이었지만, 그날 저녁 아줌마는 또다시 '끄을~내주는' 단계에 들어가 있었다.

그날 밤, 난 잠이 들기까지 두 시간 동안이나 뒤척여야 했다. 클레르가 전화를 안 한 것에 한편으론 안도하고 다른 한편으론 절망하면서, 베개를 껴안고 사방으로 몸부림을 쳤다. 그리고는 꿈을 꾸었다. 수학 시간에 내가 벌거벗은 채로 칠판 앞에 서 있었다. 맨 앞줄에는 스키복을 입은 클레르가 다섯 명이나 앉아 있었다.

---

\* 짭짜름한 식사용 파이의 일종.

다음 날 아침 역사—지리 시간이 끝났을 때, 클레르는 내 손에 편지 한 통을 쥐어 주었다. 난 아무 말도 못 했고, 에릭은 날 혼자 내버려뒀다. 난 화장실에 틀어박혀 편지를 읽었다. 봉투와 편지지는 라벤더 색이었다.

# 15

벵

먼저, 꽃 보내 준 것 고마워. 정말 감동 받았어. 얼마나 예쁘던지. 편지도 고
마워. 난 지금까지 그렇게 아름다운 편지를 받아 본 적이 없었거든. 네 편지에
진심이 담겨 있었기 때문에, 나도 진실한 답장을 보내야 한다는 생각이 들었어.

난 너를 굉장히 좋아해. 하지만 사랑하지는 않아. 내 엽서나 내 태도 때문
에 네가 괜한 기대를 하게 되었다면 미안하다. 난 남자와 여자도 친구가 될
수 있기를 바랐던 것뿐이야. 넌 내게 아주 소중한 친구란다. 비록 네가 바라는 방
식대로는 아니라도 말이야.

우정을 보내며,

클레르

"야, 너 뭐 하고 있냐! 종 쳤는데!"

문밖에서 에릭이 소리쳤다.

난 편지를 접어 가방에 넣고 나왔다.

"아직도 똥 덜 눴냐? 얼굴이 왜 그 모양이야!"

복도에서 에릭이 말했다.

"편지에 뭐라고 씌어 있는데?"

내가 편지를 내밀었다.

"어휴, 꽉 막힌 애구나!"

에릭이 다 읽고 나더니 말했다.

난 아무 소리도 안 했다.

"야, 신경 쓰지 마! 걔 말고도 여자애들은 쌔고 쌨어! 봐라! 여기저기 널린 게 다 여자잖아!"

"그래!"

난 눈물이 나오려는 걸 꾹 참고 대답했다.

"네 말이 맞아. 한 명 잃고 열 명 구하면 되지 뭐!"

그다음 두 시간 수업을 듣는 동안, 난 교실이 1층만 아니라면 창밖으로 뛰어내리고 싶은 심정이었다. 세상이 다 무너져 내린 것 같았고, 더 이상 아무것도 의미가 없었다. 난 생전 처음으로 불행이라는 걸 느꼈다. 예전에 속상해했던 일들이란 게 얼마나 가소로운 것이었는지 비로소 깨달은 것이다.

편지건 꽃이건 간에 절대로 보내지 말았어야 했다. 그랬다면, 계속해서 클레르가 날 좋아한다고 믿고 있었을 텐데. 난 단 몇 분 만에 다 자라 버린 것 같았다. 어른이 된다는 건, 행복한 줄도 모르고 천진난만하게 살아 왔던 어린 시절에 기대했던 것보다 훨씬 더 괴로운 일이었다.

차라리 클레르를 안 만났더라면 좋았을걸.

이 학교에 발을 안 들여놓았으면 좋았을걸.

아예 세상에 안 태어났더라면 좋았을걸.

# 16

소피 아줌마가 아는 사람들은 다들 쟁쟁했다. 그건 분명했다.

시간이 지나면서, 내가 드나드는 의료 기관의 수준도 점차 높아졌다. 처음엔 학교 보건실, 다음엔 뒤보스크 박사의 침 치료실, 이번엔 심리학자 니콜라 발랑디에 연구소. 현판에 이렇게 씌어 있었다. 이번엔, 엄마도 없이 나 혼자서 갔다.

난 좀 실망했다. 영화 같은 데서 보면, 긴 의자에 누워 자신의 삶을 털어놓곤 하는데, 그런 건 없고 대신 소파 두 개가 마주 보고 있었다. 난 그중 하나에 자릴 잡았고, 발랑디에 씨는 맞은편에 앉았다. 한참 침묵이 흐른 뒤에 그가 물었다.

"벵, 여긴 어떻게 오게 됐지?"

"……."

그는 잠시 기다리더니 다시 말했다.

"네 어머니와 많은 얘길 나눴단다……. 소피와도 얘길 했고. 두 분에게서, 무슨 일이 있었는지 대충 얘기는 들었지. 이젠, 네 입장에서 얘길 들어 보고 싶구나. 살면서 뭐가 제일 힘들게 여겨졌니?"

"……."

엄마나 아빠한테도 하지 못한 얘기를 알지도 못하는 사람한테 왜 해야 하는 건지 알 수 없었다.


클레르의 편지를 받고 난 이후, 난 한마디로 모든 것에 흥미를 잃었다.

열여섯 살이었던 그때까지, 난 대체로 평탄한 삶을 살아왔다고 할 수 있었다. 누구에게나 있는 사소한 걱정들이나 그런저런 아픔들은 물론 있었다. 할아버지의 죽음, 아빠와의 이별. 뭐 그렇고 그런, 특별할 것도 없는 일들……. 그러다가 클레르를 사랑하게 되고, 개학하기 전 일주일 동안, 서로의 감정이 통하고 있다고 믿으면서, 난 그전엔 상상도 못 해 봤던 진한 행복감을 맛보았다. 내면의 가장 깊숙한 곳으로부터, 그때까지 느껴 보지 못했던 강렬한 감각들과 감정들이 솟았던 것이다. 사랑이라는 그 독특한 상황 속에서, 삶이 어느 정도로나 놀라워질 수 있는지, 그 가능성을 엿본 시간이었다.

그때까지 내 삶을 이루고 있던 사소한 일상의 즐거움들이 모두 다 의미 없고 무시해도 좋을 것처럼 보이기 시작했다. 엄마와 함께 본 좋은 영화, 비디오 게임, 아빠 집에 간 일, 생말로에서 본 일출, 시험 보는 날 마침 아파서 결근한 선생님, 할머니의 송아지 블랑케트, 방학의 첫날⋯⋯. 갑자기 그 모든 게 지겨워졌고, 모든 게 혐오스러워졌다.

내게 주어진 나날들, 즉 내 삶을 어떻게 꾸려 가야 할지 막막하기만 했다. 즐거움도 못 느끼면서 그저 먹어 대는 일 말고는 할 수 있는 게 없었다. 음식도 내 삶을 괴롭히는 수단이 되어 갈 뿐, 힘이 되어 주진 못했다. 난 먹는다기보다 폭식을 했다. 입에 들어온 건 모두 다 맛이 있었고, 특히 전엔 맛없다고 느꼈던 것들이 더욱 그랬다.

학교에서 나오면서 큰 햄버거를 두 개씩 먹었으니, 완전히 한 끼 식사를 더 하는 셈이었다. 거기다 큰 사이즈의 감자튀김은 간식 삼아 먹었다. 그리고 저녁 먹기 전에 땅콩 한 봉지와 0.5리터짜리 콜라까지 마셨다. 식탁에 앉기도 전에 난 이미 토할 지경이었고, 식탁에서 일어날 때는 뒤뚱거리기까지 했다.

지금 생각하면, 그건 알코올 중독자의 행태와 다를 바가 없었다. 그때 내가 열여섯 살이 아니고 마흔 살이었다면, 냉장고 속에 머리를 처박는 대신, 술집 카운터에 팔꿈치를 기댄 채로 하루하루를 보냈을 것이다. 이렇게 난 나 자신과 삶에 대한 혐오에 빠졌고, 그건 자기 파괴로 이어졌다.

학교에서도, 난 더 이상 수업 시간에 열심히 듣거나 공책에 필기하거나 하지 않았다. 그러자 단 며칠도 안 지나, 내가 그토록 애써 지켜 왔던 편안함이 사라져 버렸다. 이제 난 어느 수업 시간에건 불안한 상태에 놓여 있게 되었다. 선생님들이 불시에 던지는 질문들에 대답할 수가 없었다. 필기시험을 볼 때도 백지를 내야 했다.

그런 식으로 2주쯤 지내고 나자, 선생님들이 의아하게 생각하기 시작했다. 그리고 내게 묻기 시작했다. 벵자멩 프와레, 그때까진 아무 걱정도 안 끼치던 학생이 갑자기 문제 학생이 된 것이었다. 결과적으로 학교는 고문하는 곳이 되었고, 난 매번 교문을 들어설 때마다 숨이 콱 막혔다.

한 달을 그러고 나선, 더 이상 견디지 못하고 수업에 빠지기 시작했다. 제일 먼저 빼먹은 건 물리 시험이었다. 난 수업 시간에 필기라곤 안 했기 때문에 당연히 복습도 못 했다. 교실에 들어서다 말고, 갑자기 뒤돌아서서 계단을 뛰어 내려와 교문 밖으로 나왔다. 오후 1시였다. 우리 반, 우리 학교, 프랑스 전국의 모든 학교

학생들이 수업을 받고 있을 시간이었다. 길거리에 나오자 비로소 내 행동의 결과에 대해 생각이 미쳤다. 그러자 속이 더 답답해졌다. 다음 시간에 적당히 둘러대고 교실로 돌아가긴 했지만, 아무도 믿는 것 같지 않았다.

이틀 후에는 영어 시험을 피하기 위해, 오전 수업 전체를 다 빼먹었다. 그러면 시험 안 보려고 도망쳤다고는 생각지 않을 것 같아서였다. 그다음 날, 난 엄마 대신 사유서에 아팠다고 쓰고 사인도 했다. 저녁 내내 방에 틀어박혀 엄마의 사인을 흉내내는 연습을 했다. 그게 한 번 통하자, 다음에도 여러 차례 되풀이했다. 점점 더 자주. 결석을 반복하다 보면 결국은 선생님들의 의심을 사게 되리란 건 나도 알고 있었다. 그러나 마치 나선 속에 갇힌 듯, 뒤로 돌아갈 수도 없는 상황이었다.

공부를 안 하다 보니 수업 시간이 불편하게 느껴졌고 그래서 도망을 다니긴 했지만, 그런 내 행동 자체에서 생겨나는 죄책감 때문에 더욱 괴로워지는 것도 사실이었다. 수업을 듣는 것도 부담스러웠지만, 수업을 빼먹는 것도 마음이 편하진 않았다. 결과적으로, 난 학교 안에서나 밖에서나 똑같이 머리가 아팠다! 난 모든 사람들에게 공격적이 되었다. 속으로는, 책망을 받게 될까 봐 매 순간 두려움에 떨고 있었으면서도.

어느 날 에릭이 내게 말했다. 이제 그만 정신 차릴 때도 되지 않앉느냐고. 난 걔 말이 맞다는 걸 알았기 때문에, 일부러 더 못되게 굴었다. 걔가 다시는 말도 못 붙이게 만들어 버린 것이다. 클레르 역시 날 피했다. 아마도 내 행동이 변한 것에 자신도 간접적으로나마 책임이 있다고 생각하기 때문인 것 같았다.

살면서 그때처럼 외로웠던 적이 없었다. 그러다가 마침내 올 것이 오고야 말았다.


어느 날 오후 집에 돌아와 보니, 직장에 있어야 할 시간인데 웬일인지 엄마가 와 있었다. 난 한 마디도 안 하고 내 방으로 향했다. 엄마도 따라 들어왔다.

"나한테 뭐 할 말 없니?"

"없어요."

"요즘 학교에선 잘 지내니?"

"뭐……."

"그럼 이것 좀 설명해 줄래!"

엄마가 침대 위에 가짜 사유서를 내던졌다. 주저리주저리 변명을 늘어놓은 끝에 가짜 사인까지 해 놓은……. 온몸에 짜릿하게 아픔이 느껴졌다. 심장에서부터 발가락까지 그리고 머리카락 뿌리까지. 난 아무 대답도 안 했다.

"도대체 어떻게 된 거니? 무슨 짓을 하고 다니는 거야!"

"……."

"지금 학교에서 오는 길이다. 로제 선생님을 만났어. 선생님들이 모두 네 걱정을 하신다더라! 수업 시간에도 공부할 생각은 전혀 않고, 공격적이고, 사나워졌다고! 체육 시간 얘기는 또 뭐냐! 쫓겨났다던데, 정말이니?"

모로 선생님과 사소한 문제가 있긴 했다. 봄이 오면서, 선생님이 또다시 반바지 타령을 하기 시작했기 때문이었다.

"다음 주부터는- 어, 모두 다 반바지를 입는다- 어!"

다음 주엔 정말 모두가 반바지를 입고 왔다. 나만 빼고.

"프와레- 어! 반바지- 어!"

"없는데요."

"이것 봐라- 어! 그게 아니라 네 장딴지를 보여 주기가 창피한 것 아냐- 어! 다이어트한다더니 하나도 안 말랐구만- 어……."

난 대꾸하기도 싫었지만, 이 미련한 양반은 마치 내 아버지라도 되는 듯 타일렀다.

"창피해할 것 없어- 어! 다른 사람들 눈은 무시해 버려- 어! 너 뚱뚱하지- 어! 뭐 어때- 어! 자기 약점에 대해서 부끄러워할 것 없어- 어……."

"약점 얘기를 하자면, 선생님도 그 돌 같은 머리를 다 내놓고 다니라고 하면 좋으시겠어요?"

애들이 키득거리는 소리가 들렸다. 그러나 선생님은 웃지 않았다. 그 얘기를 들은 엄마도 웃지 않았다.

"그게 대체 무슨 짓이야? 넌 수업 시간에도 딴짓만 한다며? 그나마 잘 들어가지도 않고! 내 사인이나 위조하고! 이젠 나랑 얘기도 잘 안 하려고 하고, 그저 먹기만 죽어라 먹더구나! 다이어트는 어떻게 된 거니? 그 대단했던 결심은 다 어디로 간 거냐고!"

"……."

"네 모습을 좀 봐! 너 최근에 몸무게 재 본 적 있니?"

"……."

그렇다, 난 몸무게를 쟀었다. 체중계는 98.7킬로그램을 가리켰다. 난 두 번씩이나 되풀이해서 재 보았다. 그 정도로 숫자가 엄청나게 느껴졌던 것이다. 난 이제 100킬로그램에 육박해 있었다. 알랭 삼촌이 내게 말해 줬던 게 기억났다.

"너도 매년 조금씩 더 뚱뚱해질 때마다, 이젠 한계에 이르렀겠지 할걸. 여름이 지나고 나면 전해에 입었던 바지를 입을 수가 없게 되지. 그리고 10킬로그램이나 늘었다는 걸 확인하게 되고! 10킬로그램! 넌 이렇게 생각할 거야. '이번엔 진짜 끝이겠지. 드디어 내 최대 무게에 도달한 거야!' 나도 처음으로 100킬로그램에 도달했을 땐 그렇게 생각했었단다. 난 절대로 그 이상은 넘지 않을 거라고. 내 살가죽도 더 이상은 늘어날 수 없을 거라고. 어떤 면에선 그렇게 생각하니까 편하기도 하더구나. 그런데 지금 난 130킬로그램도 넘어. 100킬로그램 나가던 때의 사진을 보면, 날씬하게 보일 정도지. 그 당시엔 내가 괴물같이 보였는데 말야! 한계라는 건 없어. 지금 네가 뚱뚱한 것 같지? 천만에. 조심 안 하고 살다 보면, 몇 년 후엔 지금과 비교도 안 될 정도로 더 뚱뚱해져 있을걸. 진짜 위험한 게 뭔지 아니? 그건 바로, 사람은 무엇에든 적응이 되고 만다는 거야. 자신의 실상을 못 본다는 것도 문제고! 지금보다 20킬로그램이나 더 찐다 해도, 네 몸 상태에 적응하게 될걸. 지금의 네 상태에 적응이 된 것처럼!"

삼촌 말이 맞았다. 몇 달 전에 엄마가 사 줬던 검은 진 바지도 이미 들어갈 생각을 안 했다. 그때도 이미 허리 둘레가 48인치였는데!

엄마와 나는 긴 대화를 갖기에 이르렀다. 클레르 얘기까지 털어놓을 용기는 못 냈지만, 엄마를 안심시키는 데는 성공했다. 난 마약을 먹은 것도 아니었고, 공갈 협박을 하지도 않았고, 불량배들과 나돌아 다닌 것도 아니었으니까. 만나는 여자애가 있냐고 엄마가 물었을 때, 난 아니라고 했다. 그건 사실 거짓말은 아니었다. 왜냐하면 엄마가 여자애라고 할 때는, 수업을 빼먹고 돌아다니면서 여자애를 만난 거냐는 뜻이었으니까. 정말 그럴 수만 있다면 얼마나 좋겠는가!

그다음 날은 토요일이었다. 난 로제 선생님에게 불려가 30분이나 붙들려 있었다. 무엇보다 부담스러웠던 건, 선생님이 내가 생각했던 것처럼 꽉 막힌 분이 아니라는 점이었다. 반대로, 선생님은 날 진심으로 염려해 주는 듯했고, 나 때문에 고민이 많을 엄마 걱정까지도 해 주었다. 필요하면 상담하러 와도 좋다고 했다. 누군가를 믿는 마음만 있다면, 어떤 문제에도 해결책은 있기 마련이라며. 난 징계도 안 받고 나왔다.

상담을 마치고 나니 마음이 무척이나 혼란스러워지면서, 내가 뭐 때문에 방황하고 있는 건지조차 알 수가 없었다. 로제 선생님이야말로 절대로 내 문제들을 털어놓고 싶은 상대가 아니었지만, 그분의 차분함과 친절함에는 감동을 받았다.


바로 그 토요일, 버스를 타러 가다 보니 클레르와 소냐가 한 번도 본 적 없는 어떤 남자애와 함께 가고 있는 게 보였다. 그 남자애는 날씬했다. 클레르는 그 남자애가 뭐라고 말을 할 때마다 머리카락을 계속 쓸어 올렸다. 난 걔들과 버스 안에서 마주치지 않으려고 걸어가기로 했다. 길을 가면서도, 난 클레르와 그렇게 스스럼없이 구는 그 남자애에게 계속 욕을 퍼부었다(나중에 알고 보니 걔는 클레르의 사촌일 뿐이었다). 난 참치 샌드위치, 닭고기 파니니* 그리고 빵 가게에서도 가장 칼로리가 많아 보이는 디플로마 트**를 골라 먹었다. 집에 도착해선, 엄마와 또다시 저녁을 먹었다. 그러나 디저트를 먹은 후에는 화장실에 가서 토해야 했다. 거실로 돌아왔을 때, 엄마는 아빠와 전화를 하고 있었다. 그때 소피 아줌마가 자기 친구인 니콜라 발랑디에라는 사람을 소개해 주었다. 그는 심리학자로, 청소년 문제 전문가라고 했다.

---

* 샌드위치의 일종
** 비스킷, 생크림, 과일이 들어간 푸딩

# 17

심리 치료라는 건 영화에서 가끔 본 적이 있었다. 거기선 심리 학자는 말은 안 하고 듣고만 있었다. 간혹 졸기도 하고. 그러다 간 갑자기 시간이 다 됐다고 하며 다음 주에 만나자고 한다. 그러 나 실제로는, 적어도 내 경우에는, 그렇지 않았다. 내가 아무 말도 안 하고 있으면, 발랑디에 씨가 질문을 던지며 말을 시켰다. 아빠 와의 이별, 비만, 사춘기…… 모든 문제에 다 접근했다. 내 가슴속 깊은 곳에는, 말하고 싶은 욕구, 다 털어놓고 싶은 욕구, 괴로움에 서 벗어나고 싶은 욕구가 있었다. 그러나 뭔가 알 수 없는 이상한 힘이 아무 말이나 하지 못하도록 막고 있었다. 그건 바로, 클레르 가 날 좋아하지 않는다는 걸 알게 된 순간부터 날 행복하지 못하 게 만든 그 힘이었다.

"좋아, 벵. 말하라고 강요하진 않겠다. 네 마음이 내킬 때 해야 하니까. 자, 내 말 들어. 난 언제나 여기 있으니까, 네가 얘기하고 싶으면, 간단히 전화만 해. 그럼 최대한 빨리 만나 보도록 할게. 결정은 네가 하는 거다. 네 생각은 어떠니?"

난, 기다릴 테면 얼마든지 기다려 보라고 코웃음을 쳤다. 또 처음 만났을 때처럼 말을 높여 줬으면 좋겠다는 생각도 했다. 어른들은 웃긴다. 우리가 자기들만큼 성숙하지 않았다는 이유로, 함부로 반말을 하면서 친한 척한다! 난 분명히 아무 대답도 안 했다. 그러나 그는 계속해서 말했다.

"한 가지만 더 일러 두자. 엄마도 이미 같은 말씀을 하셨겠지만……. 하긴 그래 봤자 넌 신경질만 냈을 테지. 아무튼 좋아. 부모들 얘긴 늘 바보 소리처럼 들리는 법이니까. 내 얘길 잘 들어라. 지금은 네 눈에, 말할 수 없이 심각하고 극복할 수 없을 것처럼 보이는 문제도, 언젠간 웃으면서 다시 돌이켜보게 될지도 모른다는 거야. 네가 내 말을 안 믿으리란 걸 알아. 당연한 일이야. 하지만 시간이 지나고 나면, 지금 너한테 일어나는 일들도 덜 심각하게 여겨질 거고, 오히려 즐거운 추억이 될 수도 있어."

발랑디에 씨의 말에도 한 가지는 맞는 데가 있었다. 그의 말이 내 신경을 건드린다는 것. 나도 못 참고 얘기를 시작했다.

"네, 맞아요. 언젠가는 저도 어른이 되겠지요. 하지만 그렇다고 해서 지금 이 순간에 괴롭지 않을 수는 없잖아요! 선생님은……."

"마흔여섯."

"마흔여섯 살이시라고요……. 그럼 선생님께는, 유년기, 사춘기, 그 시절들이 모두 지금의 선생님 나이로 오는 과정에 지나지 않겠군요……. 또 전 열여섯 살밖에 안 됐으니, 어른이 되어 가고 있는 중이라고 생각하면서 살아가야 할 거고요. 지금 일어나고 있는 일들은 심각할 게 없다고 생각하면서! 아니죠, 전 열여섯 살인 지금 현재를 살아가고 있어요! 전 유년기, 사춘기, 그것밖에 경험해 보지 못했어요. 그건 추억이 아니고, 제 현실이에요! 선생님의 진짜 삶은 현재의 선생님 나이겠죠. 성년기 말이에요! 제게 있어서 진짜 삶은, 지금이에요. 지금이 슬프면, 전 슬픈 거예요! …… 걱정은 마세요! 죽고 싶다거나 뭐 그런 건 절대 아니니까요……. 그리고 어느 날, 이 모든 게 다 추억이 될 뿐이라는 것도 확실해요……. 하지만 당장에는, 제 삶을 그냥 살도록 내버려 둬 주세요. 행복하든 불행하든 말이에요."

발랑디에 씨가 날 바라보며 미소를 지었다.

"전적으로 동감한다. 네 얘긴 모두 지극히 옳아. 또 네 생각을 그렇게 뚜렷이 나타낼 수 있다는 것도 고무적이구나. 내가 덧붙이고 싶은 단 한 마디는 이거야. 너도 미래가 있다는 데 동의를 한 이상은, 현재의 네 문제들이 아무리 현실이라 하더라도, 미래를

망치도록 놔두진 말아야 한다는 거지."

난 특별히 대답은 하지 않았지만, 그 말뜻을 충분히 알아들을 수 있었다. 그건 뒤죽박죽 엉켜 있던 내 생각들에 어떤 돌파구를 열어 주었다. 상담실에서 나오면서, 내 머릿속엔 반짝 섬광이 비쳤다. 디나르에서의 어느 늦은 오후, 비가 그치고 난 뒤 햇살이 에메랄드 빛 바다를 환히 비추던 걸 봤을 때와 같은 느낌이었다.

그날 저녁, 저녁을 먹고 나서, 소파에 앉아 영화를 보다 보니, 나 자신이 많이 지치고 연약해졌다는 느낌이 들었다. 난 누워서 엄마 무릎 위에 머리를 얹었다. 우린 서로 아무 말도 하진 않았지만, 엄마는 팔로 내 가슴을 안아 주며, 다른 손은 내 머리카락 위에 얹었다. 따스한 기운이 내 온몸을 훑고 지나갔다. 그러면서 어린 시절이 떠올랐다. 엄마가 날 침대에 눕히며 쓰다듬어 주었던 것. 네다섯 살 때의 감각들이 불현듯 되살아난 것이다. 그와 함께 안정감과 사랑의 감정도 돌아왔다.

편안하면서도 왠지 서글펐다. 예전엔 느껴 보지 못했던 어떤 그리움의 감정이 새롭게 솟아났다. 난 깨달았다. 어린 시절 엄마와 몸을 맞대면서 느꼈던 그 행복감을 그리워하고 있다는 걸. 우리가 서로를 안아 주지 않은 지가 벌써 몇 년이나 되었던가.

난 아직 어른은 아니지만, 그래도 유년기의 추억이란 걸 갖고 있었다. 열여섯 살 난 나의 삶은 이미 다양한 경험들과 수많은 감각들로 이루어져 있었다. 클레르와의 '사건'도 내 인격을 형성하는 데 중요한 요소가 될 것이라는 걸 깨달았다. 그 외에도 중요한 것들이 많이 있었다. 아빠의 점잖은 웃음, 외할아버지가 돌아가시던 때의 그 얼굴, 내가 여덟 살 때 길에서 차에 치여 죽은 고양이의 얼굴, 매해 여름 바다를 처음 볼 때마다 느끼는 자유로운 느낌, 할머니의 송아지 블랑케트 냄새, 아빠가 떠난 후 엄마 방에서 밤이면 밤마다 새어 나오던 울음소리, 열 살 때 침대에 오줌을 싸고 창피해했던 일, 알랭 삼촌이 은행 대출을 왜 거절당했는지 얘기할 때 눈가에 맺혀 있던 눈물, 사촌인 마리가 일곱 살 되던 해 여름, 내 앞에서 팬티를 내리고 보여 줬던 우스꽝스런 여자의 성기, 처음으로 뚱보라는 놀림을 받았을 때 흘렸던 분노의 눈물. 그 외에도 즐거운 일, 슬픈 일, 영광스러운 일, 수치스러운 일, 중요한 일, 하찮은 일, 그런 수많은 일들은 언제까지나 내 안에 머물러 있으면서, 가끔씩 우연처럼 추억으로 되돌아올 것이다.

난 엄마 품 안에서 소리 없이 울기 시작했다. 그러자 마음이 한결 편해졌다.

# 18

휴일이 특히 많은 5월은 구멍이 뽕뽕 나 있는 그뤼예르 치즈 같다. 치즈보다도 그 구멍들이 더 좋은 법. 그해, 난 세 차례나 되는 긴 연휴들 중에 한 번을, 아빠와 함께 소피 아줌마의 부모님 댁에서 보냈다. 그분들은 브리브에서 20킬로미터쯤 떨어진, 메삭 근처의 코레즈라는 곳에 있는 피에르타이야드 성에 살고 있다. 규모가 상당히 큰 그 건물은 장식이 거의 없는 단순한 스타일이었지만, 그 지방 특산물인 붉은 돌로 쌓은 두꺼운 벽 덕분에 퍽 아름답고 웅장했다. 특히 정원과 풀밭은 아름다운 계곡을 내려다보고 있었는데, 새벽녘에 계곡에 안개가 낄 때면, 안개가 그대로 연못이 되어 메삭 마을을 삼켜 버린 것같이 보였다. 그 나흘 동안은, 날씨가 얼마나 화창하고 온화하던지, 벌써 여름이 다 된 것 같았다.

어느 날 저녁, 식사를 마치고 나서 난 혼자 정원으로 나와 테라스의 울타리 위에 앉아 있었다. 그곳 전망이 가장 좋았다. 날이 어두워지기 시작하면서 우울한 생각에 빠져들고 있을 때, 소리 없이 소피 아줌마가 다가왔다. 아줌마와 나는 공통된 추억이 없는 상태에서 가까워졌기 때문인지 오히려 편안한 구석이 있었다. 너무 속속들이 잘 아는 부모 자식간에는 오히려 자유롭게 털어놓지 못할 일들이 있는 법이다.

난 나도 모르게 어느새 클레르와의 일을 자세히 털어놓기 시작했다. 클레르네 집에 갔던 것부터 걔한테서 받은 마지막 편지에 씌어 있던 단어들까지. 내가 보낸 꽃다발 가격부터 내 사랑 고백의 쉼표 하나까지. 아줌마는 한 마디도 하지 않고 내 얘기를 듣고만 있었다. 얘기를 다 하고 나서, 난 입을 다물었다. 마음이 좀 홀가분해진 것 같았다. 가슴속에서 무거운 덩어리 하나가 빠져나간 듯.

"걔가 널 차 버려서 쇼크 먹었니?"

뜻밖에도 비웃는 듯한 말투였다. 그러나 그 말투에선 따뜻함이 느껴졌다.

"걔 입장이 한번 돼 봐! 어떤 착한 남자애가 있어. 걔는 너한테 어떤 특별한 감정을 느끼는 것같이 보여. 넌 걔한테 스키장에서 정다운 엽서를 한 장 보냈지. 그냥 정답다고 했다, 징그럽게 에로

틱한 게 아니고. 그런데 아뿔싸, 상대방은 꽃다발까지 보내오면서 사랑을 고백한 거야! 한 마디 언질도 없이! 곧장!"

"그게 너무 지나쳤나요?"

"걔가 몇 살이지?"

"저랑 동갑이에요."

"그래, 그럼 걔도 열여섯 살이네. 그러니 당연히 자기 부모랑 같이 살고 있겠지. 그때가 저녁 7시쯤 됐거나 좀 더 늦었거나 했겠지…… 걔는 자기 방에 있고, 엄마는 부엌에 있고, 아빠는 여동생과 함께 텔레비전을 보고 있어. 그렇겠지? 그림이 그려지지?"

"네에……"

"갑자기, 초인종이 울려. 엄마가 문을 열러 나가려고 하니까, 아빠가 일어서면서 '여보, 그냥 있어. 내가 갈게!' 이러지. 아빠가 문을 열어 보니 꽃 배달원이 서 있어. 아빠는 당연히 놀라겠지. 그리고 카드에는……"

"'플레 양'이요."

내가 얼굴을 붉히며 대답했다. 아줌마가 이제 무슨 말을 하려는 건지 너무나 잘 알았기 때문이다.

"플레 양, 자기 딸이지, 아빠는 꽃 배달원한테 팁 10프랑을 주고는 클레르를 부르지. 엄마도 그게 뭔지 굉장히 궁금해할 거고, 어린 동생도 재미있어할 거고. 자기 방에서 나온 클레르는, 식구

전체가 꽃다발 주위에 둘러서 있는 걸 보게 될 거야……. 네가 걔라면, 어땠겠니?"

"쥐구멍으로라도 숨고 싶었겠지요."

"바로 그거야. 네가 그런 짓을 저지른 거라고."

"바보짓을 했군요!"

"그렇다고 할 수 있지……."

"그럼 전 어떡해야 했을까요? 아무것도 안 하고 그냥 가만히 있어야 했을까요? 걔 생각만 하면서 방구석에 처박혀 있어야 했을까요?"

"인내심을 가졌어야지! 걔는 너한테 엽서 한 장 보낸 것뿐인데, 넌 걔를 꽃과 사랑의 말들로 질식시켜 버렸으니! 걔한테 얼마나 부담을 줬을지 상상이나 되니?"

"그렇지만 먼저 엽서를 보낸 건 걔잖아요!"

"그래. 걔는 너한테 부드럽게 미끼를 던진 거야. 글쎄…… 네가 어떻게 했으면 좋았을까……. 영화도 보러 가고, 햄버거 집에도 가고, 그러면서 서로를 알아 가고……. 너희는 열여섯 살이야! 급할 건 하나도 없어! 만난 지 사흘 만에 같이 자야 되는 건 아니잖니!"

난 내가 얼마나 일을 그르쳤는지를 깨닫고 한숨을 쉬었다.

"물론 열여섯 살짜리 여자애는 동갑내기 남자애보다 확실히 성숙할 거야. 또 열여섯 살이면 가슴도 좀 나왔겠지. 그래 봤자, 걔들도 열여섯 살짜리 애일 뿐이야! 인생이 뭔지 모르는 건, 남자애들하고 다를 바가 없다고."

어둠 속에서 작은 박쥐 한 마리가 우리 바로 곁을 스쳐 지나갔다. 내 머릿속에도 한 줄기 빛이 훑고 지나갔다.

"한 마디로 제가 죽을 쒔군요……."

"그래. 그렇다고 할 수 있지. 한 번도 아니고 두 번씩이나 죽을 쑨 거야."

"두 번이요?"

"그래. 첫 번째는 꽃으로 사랑 고백한 것, 두 번째는 걔의 답장에 네가 보인 반응!"

"하지만……."

"너 그런 식으로 행동해서 뭘 어쩌겠다는 건데? 걔가 너한테 와서, '네가 불행해지길 바라진 않았어'라고 말해 주길 기대하는 거니? 걔가 널 위로해 주러 올 거라고 믿어?"

"아뇨, 전……."

"걔 편지를 다시 한번 읽어 봐! 자기 친구가 되어 달라고 제안하고 있지?"

"네, 그런 셈이죠! 그런데요?"

"얘 좀 봐! 남자애들이 얼마나 바보 같은지 내가 깜빡 잊고 있었네!"

"그러니까……."

"뻔할 뻔 자지! 걔 친구가 되면 되는 거잖아. 그러다 보면 또 일이 어떻게 풀려 갈지 누가 아니! 네가 얼마나 멋진 녀석인지를 걔가 깨달을 만한 시간을 좀 주라 이 말이야! 걔가 원하는 건 그것뿐이라고!"

"전 정말 완전히 망해 버린 거네요."

내가 풀죽은 소리로 말했다.

"망했다고 누가 그래?"

"……."

"야, 걔가 결혼이라도 했니? 아이라도 낳았어?"

"그건 아니지만."

"그럼 다시 시작해 봐! 힘내고!"

"어떻게……."

"정신 차려! 꽃도 집어치우고, 편지도 관둬! 재미있고 가볍게 굴어. 절대로, 사랑에 빠져서 넋이 나간 얼굴은 하지 말란 말이야! 그냥 친구가 돼야 해! 그리고 참, 한 가지 더 있다. 걔랑 제일 친한 여자 친구의 친구가 되는 거야! 그러면서 시간이 흘러가도록 놔둬……. 너희 둘이 사랑에 빠지게 될 운명이라면, 결국은 그렇게 될 테니까."

# 19

개학하고 나서부터, 난 소피 아줌마의 충고대로 했다.

클레르의 친구가 되는 데는 그리 오래 걸리지 않았다. 클레르는 내가 빗나가는 걸 보며 어지간히 죄의식을 느꼈었는지, 내가 제자리로 돌아오자 눈에 띄게 기뻐하며 날 반겨 주었다. 클레르와 나는 두 차례, 토요일 오후를 함께 보내며 영화도 두 편 보았다. 우리 둘 사이엔 취미며 사고방식이며, 공통점이 상당히 많았다.

처음에 영화 보러 가자고 말을 꺼내는 게 무엇보다도 힘들었다. 거의 한 학기 동안 침묵을 지켜 오다가, 마치 아무 일도 없었던 것처럼 다시 말을 건넨다는 게……. 게다가 이성으로서 접근하려는 게 아니라는 것까지 드러내야 했으니…….

또 다른 어려움은 소녀였다. 난 걔한테는 전혀 관심이 없었지만 (그건 걔 쪽에서도 마찬가지인 것 같았다) 소피 아줌마가 말한 원칙에 충실하기 위해, 클레르와 둘이서만 있고 싶은 순간에도 걔의 존재를 참아야만 했다. 역시 소피 아줌마의 말이 맞았다. 클레르와 나 사이의 우정을 탄생시키는 데 소녀도 개입시킴으로써, 적어도 클레르가 내 의도의 진실성에 관해선 미심쩍어하지 않게 되었던 것이다.

우리 셋은 늘 붙어 다니는 사이가 되었다. 교실에서도 함께 앉고, 운동장에서도 따로 모이고, 학교가 끝나면 함께 커피 마시러 가기도 했다. 그래도 할 얘기가 남아 저녁때면 전화통을 붙들고 수다를 떨고, 주말에 만날 약속도 했다(엄마는, 전화국만 부자 만들어 줄 거냐며 심통을 부렸다).

클레르를 만날 때마다 내 가슴은 여전히 쿵쿵 뛰었지만, 난 그런 내색 않고 단순한 친구로서만 행동하려고 애썼다. 난 그 모든 시간을 걔와 함께 보낼 수 있어, 괴로운 만큼 행복하기도 했다. 그건 복잡 미묘한 상황이었지만, 그래도 아무 관계도 없는 것보다는 나았다……. 더구나 우울했던 지난 몇 주에 비하면 말할 것도 없이 나았다. 어느새, 클레르는 내가 싱거운 농담을 할 때마다 손으로 머리카락을 쓸어 올리며 웃음을 터뜨리게 되었다.

6월의 어느 화요일 저녁, 엄마 친구인 이자벨 아줌마가 엄마한테 전화를 걸어 왔다. 노르망디에 산다는, 내가 모르는 또 다른 친구 집에 가서 함께 주말을 보내고 오자는 것이었다. 엄마는 안 가겠다고 했다. 그건 분명히 나 때문이었다. 사실, 엄마도 무척 가고는 싶었을 것이다. 엄마는 생전, 여자 친구들끼리 주말을 보내 본 적이 없었기 때문이다. 내가 태어나기 전부터도! 엄마가 집에 없다는 건 내게도 황금 같은 기회였다. 그래서 난 엄마한테 거기 꼭 가야 한다고 설득했다.

"아냐, 아냐……. 난 안 가고 싶어."

"왜요? 난 얼마든지 혼자 있을 수 있어!"

"아빠 집에 가 있을래?"

"내가 지금 다섯 살짜리 아기야! 뭐가 걱정되는데? 내가 불이라도 낼까 봐?"

우린 이런 식으로 한 시간씩이나 싸웠고, 결국 엄마는 이자벨 아줌마에게 다시 전화를 걸었다. 엄마는 어린애처럼 들떠 있었다.


토요일 아침, 학교 가기 전에, 난 엄마한테 수없는 주의 사항을 들으며 집에 얌전히 있겠노라고 약속을 해야 했다. 난 정말 그렇게 했다, 물론 혼자서는 아니었지만!

난 이미 수요일부터 클레르와 소냐에게 전화를 해 두었다. 토요일에 우리 집으로 저녁 먹으러 오라고 초대를 한 것이었다. 걔들은 부모님께 하루 종일 졸라, 결국은 허락을 얻어 냈다. 수도 없이 전화가 오고 간 끝에. 걔네 부모님들은, 둘 다 자정이 되기 전에 클레르 집으로 돌아가 함께 밤을 보낸다는 조건으로, 소중한 딸들의 외출을 허락했다.

토요일 아침, 에릭이 내게 다가오더니, 영화 보러 가지 않겠느냐고 물었다. 우린 벌써 여러 주 동안 서로 말도 않고 지내 오던 터였다. 제대로 된 해명도 없이 그 긴 시간을 보낸 건, 내가 3학기 동안 저질렀던 모든 바보짓들 가운데서도 최악이었음을 인정한다. 우리 사이에는 진짜 삐질 일도, 진짜 싸움도 없었다. 단지 좀 지나친 말 몇 마디가 오간 것뿐이었는데, 그나마도 내가 확실하게 사과만 했더라면 금방 잊혀질 수 있을 만한 일이었다. 아무튼 내가 그렇게 질질 끌고만 있을 때, 에릭이 먼저 화해를 위해 한 걸음 나서 준 게 고마울 따름이었다.

난 영화는 거절했지만, 내 만찬에 걔도 초대를 했다. 걔는 자기 엄마와 딱 30초 통화하더니, 얘기가 다 됐다고 했다. 에릭은 우리 집에서 나와 함께 자기로 했다.


난 다이어트를 다시 시작하진 않았지만, 클레르와 친구가 된 이후로는 적어도 미친 사람처럼 퍼먹지는 않게 되었다. 그러나 그 토요일에 난 큰일을 벌였다. 살짝 익힌 달걀에다 베이컨과 양파 소스를 곁들인 요리, 영계에 싱그러운 봄 야채를 곁들인 요리, 치즈, 그리고 내 식대로 만든 초콜릿 케이크. 이 음식들을 모두, 중요한 때만 쓰는 제일 좋은 그릇들에 담아냈다. 거기다 차갑게 식힌 콜라 그리고 배경 음악까지. 음악 선택은 음식 준비 못잖게 어려웠다.

난 샹송이건 그룹 사운드건 다 별로 좋아하지 않는다. 내가 좋아하는 건 클래식 음악이다. 내가 남들보다 고상해서가 아니라 아빠가 클래식을 좋아한 덕에 나도 아주 어려서부터 들을 기회가 많았기 때문이다. 친구들 중엔 클래식을 좋아하는 애가 하나도 없다. 에릭에게 포레의 '레퀴엠'을 들려줬을 때, 난 걔가 그 자리에서 그대로 굳어 버리는 줄 알았다. 그 정도로 지겨워했던 것이다.

엄마한테는 한물간 프랑스 가수들 노래나 오래된 록큰롤 시디밖에 없다. 난 영화 음악으로 결정했다. 그런 것들은 클래식과 어느 정도 비슷하면서도, 클래식에 익숙지 않은 사람들도 쉽게 들을 수 있기 때문이다……. 게다가 영화 음악은 누구에게나 추억을 일깨워 주지 않는가. 아무튼 내가 음악을 잘 골랐는지, 모두들 내 선곡에 만족해했다.

그러나 가장 중요한 것은, 남자애도 그렇게 음식을 잘 만들 줄 안다는 데 대해 클레르와 소냐가 무척이나 놀랐다는 점이다. 에릭 역시, 자기 엄마가 녹여 주는 냉동 피자와 내 요리와의 차이를 구별하지 못하는 게 분명한데도, 아기 돼지처럼 신나게 먹어 댔다.

　남은 저녁 시간 동안 우리는 거실에서 음악을 듣고 소냐의 담배도 나눠 피우면서 이야기를 나눴다. 원래부터 담배 피우는 애는 소냐밖에 없었지만, 클레르가 한 개비 받아드는 걸 보고, 나도 폼 좀 잡으려고 하나 달라고 했다. 연기를 마시는 척하긴 했지만, 숨이 막혀 죽을 뻔했다. 그래서 입술 사이에서보다는 손가락 끝에서 다 타 버리도록 했다.

　자정이 다가오고 있었지만, 아무도 떠나고 싶어 하지 않았다. 우리 넷은 모두 기분이 좋았다. 피로 때문에 좀 나른한 데다 얘깃거리도 거의 다 떨어졌지만, 기나긴 여름밤의 푸근함 때문인지 한껏 부풀려진 자유로운 느낌에 취해 있었다. 곧 마지막 학기도 끝날 테고, 두 달간의 당당한 자유가 우리에게 손을 내밀고 있었다.

　난 디나르를 다시 보러 갈 작정이었다. 생말로의 성채, 세장브르 섬, 프레엘 곶 뒤의 일몰, 에클뤼즈 해변에서 파는 '밤 크림'을 넣은 크레이프. 하지만 난 이 여름이 다른 여름들과 같진 않으리란 걸 알고 있었다. 지난 몇 년간 내게 디나르는 행복 그 자체였지만, 이젠 클레르와 멀리 떨어져 있다는 슬픔이 깃들게 되리라. 사랑에 빠지게 되면서 천진난만한 행복감은 잃어버릴 수밖에 없으리라.

　갑자기, 텔레비전 연속극 「버피」의 주제가가 울려 모두 깜짝 놀랐다. 그건 클레르의 휴대 전화 벨 소리였다. 12시 5분이었다. 걔네 아버지가 길가에 차를 세워 놓고 기다리고 있었다. 우린 헤어져야 했다. 클레르는 평소보다 좀 더 힘있게 뽀뽀를 해 주고 스쳐 갔다. 멋진 저녁 시간을 보냈다고 하며.

그러고 나서 한 시간 동안, 에릭과 나는 어둠 속에 누운 채로 얘기를 나눴다. 여자들과 사랑과 섹스에 대해. 산다는 것에 대해.

# 20

3학년의 마지막 날, 우리 반 여자애인 카미유가 학년 말 파티를 열었다. 걔가 소냐와 친한 덕에, 에릭과 나까지 초대를 받았다. 난 원래 그런 종류의 파티는 질색이었다. 먹을 것도 없이 춤만 죽어라 추어 대는 파티. 그러나 무슨 일이 있어도 거기에 빠질 순 없었다. 클레르도 갈 테니까.

카미유네 집은 널찍한 단독주택이었다. 걔네 부모님은 우릴 위해 밤새도록 집을 비워 주었다. 그런 파티에 갈 때마다 늘 그랬지만, 난 일단 땅콩이 다 떨어지고 나서부턴 구석에 틀어박혀 다른 애들이 노는 걸 구경했다. 다행히도 에릭이 내 곁에 있어 줬다……. 소냐가 에릭에게 춤추자고 신청하기 전까진. 평소에도 춤추는 덴 소질 없어 보이던 에릭이었지만 그날따라 꼭 핼러윈 축제에서 뛰쳐나온 무시무시한 괴물처럼 보였다. 그러나 그 녀석은 내가 어떻게 생각하느냐엔 상관 없이 소냐와 노는 데만 정신이 팔린 것 같았다. 얼마 지나자, 그 둘은 느린 곡에 맞추어 몸을 붙인 채 춤을 추고 있었다. 문득 그런 데 자연스럽게 어울리지 못하는 내가 바보일지도 모른다는 생각이 들기 시작했다.

난 정원으로 나갔다. 밤 공기가 포근했고, 잔디밭으로부터는 낮 동안에 쌓여 있던 열기가 올라오고 있었다. 열린 창문으로는 나른한 음악이 흘러나와, 아직까지 완전히 잠들지 않은 도시의 소음과 뒤섞였다.

"춤 안 추니?"

클레르의 목소리였다. 난 너무 가까이에서 들려온 그 소리에 깜짝 놀랐다.

"어…… 아니. 이 음악은 내 취향이 아니라서……."

"네 취향은 뭔데?"

난 대답을 못 했다. 클레르의 목소리에서 뭐랄까, 새로운 느낌이 전해져 왔기 때문이다. 그때였다. 클레르가 발끝으로 서더니 내 입술 위에 자기 입술을 갖다 댔다. 뜨거운 기운이 온몸으로 짜릿하게 퍼져 나갔다. 그때까지 느껴 본 그 어떤 감각보다도 강렬한 것이었다. 클레르는 내 몸에 팔을 둘렀고, 나도 따라서 걔를 안아 주었다. 침묵 속에서 우린 계속 부드럽게 입을 맞추며, 춤을 추기 시작했다.


다음 날 아침, 난 조금 늦게 잠에서 깨어났다. 침대에서 나와 보니 어느새 부엌에선 통닭구이 냄새가 올라오고 있었다. 일요일이어서 엄마가 부엌에 있었다.

"너 몇 시에 왔니? 난 못 들었는데……."

"늦게요."

"재밌었어?"

난 대답 대신 괜히 입만 한 번 삐죽 내밀고는 거실 쪽으로 갔다. 어떡해야 할지 갈피를 잡을 수 없었다. 머릿속엔 단 한 가지 갈망밖에 없었다. 클레르에게 전화해서 만나고 싶다는 것. 난 또다시, 모든 것에 흥미를 잃었다. 그러나 이번엔 너무나 행복해서였다.

잠시 후, 식탁이 차려졌다. 닭다리와 닭 육수로 만든 소스를 뿌린 감자가 곁들여져 있었다. 그건 내가 가장 좋아하는 메뉴 중 하나였다. 그러나 딱 세 입 먹고 나자, 더 이상은 배가 고프지 않았다. 클레르 그리고 걔와의 길었던 입맞춤이 생각났다. 난 내 앞에 펼쳐진 새로운 삶에 대해 생각해 보았다. 난 포크를 내려놓고 접시를 조금 밀어 놓았다. 엄마가 놀라서 날 쳐다보았다. 내가 음식을 다 안 먹고 남긴 건 이번이 처음이었다.

"맛이 없니?"

"맛있어요, 아주. 아주 맛이 좋아요."

그리고 나는 미소를 지었다. 의사들은 정말 아무것도 모른다는 생각이 들었다. 살을 빼는 유일한 비결은 바로 사랑을 하는 건데 말이다.

## 옮긴이의 말

세상엔 뚱보도 있고 말라깽이도 있다. 키가 커서 탈이라는 사람도 있고, 작아서 걱정이라는 사람도 있다. 모두가 달라서 재미난 세상이라 말은 하지만, 우린 행여 자신이 평균치에서 멀어져 있을까 봐 늘 전전긍긍한다. 뻐드렁니도 주걱턱도 교정으로 없애고, 휜 다리도 바로 펴고, 광대뼈도 깎아 내면서 말이다. 평균치와 가까워지기 위해 날 바꿀 것이냐, 평균치를 무시하고 나 생긴 대로 살 것이냐, 이건 그리 간단한 문제가 아니다. 특히 한창 외모와 이성에 대한 관심이 생겨나기 시작하는 사춘기의 소년에게 있어선…….

『뚱보, 내 인생』엔 벵자멩이 뚱보로서 살아가는 모습이 놀랍도록 실감나게 그려져 있다. 신체검사할 때, 달리기할 때, 옷 사러 갈 때, 수영복을 입어야 할 때, 의사가 좋아하는 음식들만 골라서 먹지 말라고 할 때, 뚱뚱한 사람은 게으를 거라는 편견과 마주해야 할 때, 특히 좋아하는 이성이 생겼을 때⋯⋯. 뚱보를 괴롭히는 이 갖가지 상황들을 보며 단순히 재미있어하거나 웃어넘기게 되진 않는다. 그건 타인의 눈에 보이는 뚱보의 모습을 우스꽝스럽게 그리는 대신, 뚱보 자신의 입을 통해 뚱보의 진짜 삶을 보여 주고 있기 때문일 것이다.

나 역시도 벵자멩처럼 뚱보이고, 먹는 거라면 그야말로 '열정적으로' 좋아하고, 살 빼려는 시도를 했다가 실패한 경험도 여러 차례 있기 때문에 이 책을 번역하는 동안 혼자서 웃음을 참지 못한 적도 많았다. 특히 다이어트를 하는 동안, '먹고 싶은 걸 못 먹는다'는 절망감 때문에 삶의 의욕까지 잃게 되는 상황을 묘사한 대목에선 작가에게 고마운 마음까지 들었다. 내 마음을 어찌 이리도 잘 알아 준단 말인가! 의사들은 너무도 쉽게 '기름기'를 안 먹으면 된다고 하지만, 살찌는 체질을 타고 난 죄로 평생 동안 먹기 싫은 것만 먹고 살아야 한다는 선고를 받는다는 건 얼마나 절망적인 일인지!

비만이 건강의 적신호라는 선고를 받으면서 시작된 벵자멩의

갈등은 클레르를 사랑하게 되면서 심각해진다. 클레르가 자신의 사랑을 안 받아들이는 게 '비만' 탓일 거라고 지레짐작한 벵자멩은 괴로운 시간을 보내지만, 끝내 비만을 자기 삶의 한 조건으로 받아들이게 된다. 즉 비만을 굴레로 여기고 거기서 벗어나려 안간힘을 쓰는 대신, 미래의 삶을 위해 비만이라는 문제를 어떻게 다뤄야 할 것인가에 대해 능동적으로 생각하게 된 것이다.

벵자멩은 결국 살을 빼기로 마음먹는다. 그러나 이젠 먹고 싶은 걸 못 먹는다 해도 우울증에 빠지진 않을 것이다. 그건 자신이 원하는 삶을 위해 필요한 일이라고 스스로 판단했으므로.

벵자멩이 계속 뚱보로 살아가겠다고 선택했다 해도, 그의 삶은 예전처럼 주눅 들어 있진 않을 것이다. '뚱보'는 자신이 선택한 상태이니 말이다.


얼마 전, 텔레비전에서 비만을 주제로 한 다큐멘터리를 보고 깊은 감동을 받은 적이 있다. 그 프로그램의 결론은, 뚱뚱하건 어떻건 간에, 자신의 몸을 소중히 여기고 사랑하자는 것이었다. 특히 인상적이었던 건 '빅 댄스(Big Dance)'라는 춤이었다. 발레는 날씬한 사람들의 전유물이라는 고정관념을 깨고 100킬로그램도 넘는 거구의 여인들이 헐렁한 무용복을 입고 느릿느릿 움직이며 춤을 즐기고 있었다. 그 춤에는 깡마른 여인들이 절도 있게 움직이는 기존의 발레와는 다른 여유가 있어, 보는 이의 마음까지도 느긋해졌다. 비만을 벗어날 획기적인 방안이라도 제시해 주지 않을까 하고 눈독 들이며 보고 있던 내게, 그 장면은 반성과 더불어 후련함까지 느끼게 해 주었다.

또 한 가지 생각나는 일이 있다. 얼마 전, 어느 미술 선생님이 만삭의 아내와 함께 벌거벗은 몸을 자랑스레 드러낸 사진 한 장이 인터넷 홈페이지에 오르면서 사회를 떠들썩하게 했었다. 그 행위의 옳고 그름은 여기서 논할 필요 없겠지만, 그 사진을 보았을 때 느꼈던 충격은 솔직히 신선한 것이었다. 사회에서 일반적으로 받아들여지고 있는 미적 기준과는 철두철미하게 동떨어진 두 남녀의 몸뚱이. 그건 꾸밈없는 우리 자신의 모습 그대로였다. 우리 몸을 들여다보라. 패션 모델들의 몸과는 얼마나 다른가. 그래도 그 몸이 있어, 숨을 쉬고, 아름다운 세상을 보고, 듣고, 느끼게 해 주고 있지 않은가. 못생긴 몸이라도 사랑해 주어야 하지 않겠는가.

어제도 오늘도 매스컴에선 질릴 정도로 '살을 빼라'고 강요한다. 내 아이들부터도 그렇지만, 많은 청소년들이 자기 몸을 존중하고 사랑하기보단 '뜯어고쳐야 할 문젯거리' 정도로 인식하는 것 같아 가슴 아프다. 이 훌륭한 소설을 통해, '도대체 내 몸은 내게 어떤 의미를 갖고 있는가'에 관해 한 번쯤 성찰을 해 보았으면 하는 바람이다.

2004년 6월
조현실